花千樹

幻行者
2
人魚的叛逆
徐焯賢

人物簡介

「大賢者三徒」

喬亞：「幻劍師」，大賢者的第三名徒弟，為人偏激，有點高傲，除了與師兄克遜及師姐阿芙拉比較親近外，不太會與其他人相處。擅長使用「幻劍術」、「幻獸術」，手中的黑龍劍能夠變出不同的聖獸，往往攻敵無備。

克遜：「第三刃」，大賢者的首徒，王都的二王子，阿芙拉的情人。正直剛毅，嚴己嚴人，視喬亞為親弟。擅使「大日刀法」，霸道無比。

阿芙拉：「精靈使」，大賢者的第二名徒弟，克遜的情人。溫柔聰穎，觀察入微，有愛心。擅使「水之精靈法則」。

「王都四天王」

溫妮雅：「御劍師」，國師的徒弟，「四天王」之一，為人衝動、熱血，喜歡逞強，有過目不忘的能力。擅長使用「御劍術」，手中的「天道」、「鬼道」在戰鬥中扭至變形，現在只可以使用普通武器。

艾瑟：國師的首徒，「四天王」之一，比尤姬的丈夫，為人謹慎低調。擅使「幻甲術」，能把天下所有物質變成自己的盔甲。

比尤姬：「精靈使」，國師的二徒，「四天王」之一，艾瑟的妻子，為人聰明體貼。擅使「土之精靈法則」。

夏格：國師的末徒，「四天王」之一，為人自卑，卻異常勤奮，喜歡溫妮雅。擅使「幻體術」、「雷霆斧勢」。

「八大惡」

第一惡：吸血魔德古拉

第二惡：曼陀羅

第三惡：人狼王雷克蘭

第四惡：屍邪鬼納西斯

第五惡：人魚阿塔加蒂

第六惡：猶達
第七惡：艾基特林
第八惡：唐靈

「人魚族」

真由：擅使「武化」，把水變成不同的武器和防具。
真魚：擅使「倍化」，將水倍化。
利德：人魚族外務，擅使「千里眼」，利用水監視別人。
信馬：人魚族內務。
紀康：人魚族牢務，擅使「無」，把活水歸於無。
美依：人魚族醫務。

本集其他角色

端芮：王都的將領，曾被「吸血魔」咬過，擁有不死身，落難至美湖村。

他古：人魚族的「海中霸王」，亦是他們的守護神，曾看守被囚禁的屍邪鬼。

目錄

前文提要

王都二王子「第三刃」克遜接到國王病危、大王子發瘋的消息，決定聯同「精靈使」阿芙拉、「幻劍師」喬亞及「御劍師」溫妮雅奔赴王都，豈料在途中不但遇上了神秘屍體，更誤闖了「八大惡」之首——吸血魔的結界。

四人幾經辛苦打開了結界，與「吸血魔」的替身——端芮大打出手。端芮實力強橫，四人加上溫妮雅的同門——艾瑟、比尤姬、夏格也不是對手，幸好在危急關頭，喬亞與溫妮雅合作，使計制服了端芮。

為了讓端芮和被他咬過的小珍回復人類身份，喬亞與端芮約定五天後去尋找真正的吸血魔。喬亞覺得他們誤闖結界之事必定與神秘屍體有關，於是去了發現屍體的地方。

溫妮雅不放心喬亞獨自一人上路，偷偷地追上喬亞。二人發現被埋藏的屍體神秘失蹤，追查下得知屍體的身份，竟是「八大惡」之第四惡——屍邪鬼。屍邪鬼能夠吸食生命能量，是喬亞的天敵。喬亞慘敗，與溫妮雅逃至山頭，驚魂未定，「八大惡」之第三惡——人狼王現身，惡戰隨即展開……

第十四章　如果命運能選擇

面對著人狼王的利爪，
她突然慶幸今早沒有回頭，
慶幸這一刻身在這裡。
如果此刻她不在這裡，
她才真的後悔莫及。

如果人生可以重來，相信喬亞和溫妮雅不會選擇回到發現屍體的地方，面對「八大惡」，但偏偏命運不容他們選擇，而二人更交上了霉運，一惡之後，又是一惡。

他們剛擺脱「第四惡」屍邪鬼，驚魂未定，「第三惡」人狼王就找上了他們。

——任何一惡都能輕易除去我們。我們懂得「法術勢」又如何，人類面對「八大惡」真的有勝算嗎？喬亞，我們應該怎樣做？

溫妮雅還沒來得及細想，兩道黑影便自她身旁掠過，撲向人狼王，正是喬亞製造出來的兩頭黑豹。黑豹動作敏捷，利爪霍霍，尋常動物絕對不是牠們的對手，可是牠們偏偏遇上了人狼王。

人狼王揮動那不成比例的右爪，輕易地把其中一頭黑豹擊成黑煙。黑煙迅速飛回喬亞的身上，人狼王禁不住「呀」了一聲，顯得十分驚奇。

「快走……帶他走……」

溫妮雅聽到喬亞的話，微感錯愕，不知道喬亞口中的另一個「他」是誰。她回頭，看見喬亞伏在地上，一臉難色。他微微舉起右手，把黑龍劍遞給她。

——帶黑龍劍走？那你呢？

溫妮雅沒有說話，但她知道喬亞明白她的疑惑。

「快走……連黑豹都沒法阻擋那傢伙……我召喚不到黑龍……我怎會這麼大意，你快走……那頭死屍……」

喬亞伏在地上，說話反反覆覆，毫無條理。

「你怎麼樣？」溫妮雅扶起他，卻感到他渾身熱得燙手。

「不用理我，快走……」喬亞呢喃著。

「誰也不能走。」

人狼王說完，另一頭黑豹也化成黑煙，潛回喬亞的身內。喬亞渾身一震，仆倒地上。

溫妮雅完全不明白事情為什麼發展成現在這個樣子，她只知道喬亞已沒力氣對付人狼王，她現在唯一可以做的，就是用黑龍劍戰鬥。

她從喬亞手中接過黑龍劍，凜然一揮，擋在他的身前，心裡狠狠地說：「來吧！」

與溫妮雅的亢奮相反，人狼王並沒有因為消滅了兩頭黑豹而特別興奮，反而顯得異常沉著。他曲起身子，右手貼近地面，躡手躡足地走近溫妮雅。

溫妮雅知道他是故意這樣做的，她記得哥哥曾經說過，狼是荒野上的王者，牠們成群結黨，有的負責攻擊，有的負責擾敵，輪流消耗獵物的體力，待確認對方已無力反抗，才一擊必殺。

她看著這頭作人立的野狼，就覺得礙眼。他雖然長有狼的身軀，可是龐大得就如喬亞「召喚」出來的巨熊。這麼一頭「巨獸」，根本不用依靠利爪，只需要撞向她，她也未必可以反抗。偏偏他就不作攻擊，只是搖晃右手，時而向左，時而向右，就像她的心跳般有規律。

沒錯，溫妮雅看著利爪，竟察覺自己的心在跳，也彷彿看見人狼王的利爪一揮，自己心房裂開的情景。

——這是妖法嗎？

——不，我不能被他牽著鼻子走。

溫妮雅念頭一轉，右手往前遞出，黑龍劍遙指人狼王。

人狼王頗忌憚黑龍劍，立即向後一跳，急急避開。

溫妮雅看著渾體黑透的黑龍劍，想起昨天還威風八面的喬亞，不自覺心底抽搐了一下。

「擅用毒者……不擅用力……」

突然，她聽到背後的喬亞在呢喃。

——他在胡謅什麼？什麼擅用毒者，這頭巨狼分明是一身蠻力。

——不，這是前幾天發現屍邪鬼「屍體」時克遜王子說的話，他這一刻說出來有什麼意思呢？難道他神智不清，以為現在仍在對付屍邪鬼嗎？

溫妮雅越來越覺得情勢不妙，但人狼王沒有給她時間細想，就在她分神留意喬亞的一刻，他猛然躍至，右爪自上而下揮向她的頭頂，她只能勉強舉劍擋格。

「很痛呀！」

溫妮雅根本分不清楚是人狼王的慘叫，還是自己的心聲，整個人被對方的蠻力擊得向下一沉。不過人狼王顯然也不好受，急急躍開。

他舔了舔右手，說了一聲「好傢伙」，又再緩慢地接近溫妮雅。

——黑龍劍果然是神兵，剛才一劍應該傷了他。

溫妮雅暗想人狼王不像端芮般刀槍不入，也不像屍邪鬼能吸收生命能量，只要自己能抵擋片刻，待喬亞恢復過來，一切就好辦了。

「擅用力者……不擅用毒……」

又是喬亞的喃喃自語。

——他要什麼時候才清醒呢？

溫妮雅忍住了回頭的衝動，迎向正面奔過來的人狼王。這一次，人狼王更是迅速揮動右爪，爪的殘影一上一下，就像猛獸的上下顎，猛然咬向她。

幸好她本身也是一名有能力的劍手，而且身手敏捷，迅速還了三劍，擋開了人狼王的利爪外，還向他的心坎補了一劍。

人狼王怕被黑龍劍所傷，又往後跳。溫妮雅為免夜長夢多，雙腳遊走，黑龍劍直往人狼王落下之處刺過去。

人狼王眼光銳利，見劍尖來勢，已知道她要攻向自己的胸口，急舞雙手，護於胸前。

不過，溫妮雅不愧是「四天王」之一，同樣的錯，她不會再犯。在對著屍邪鬼的時候，她的劍確實刺穿了他的身軀，但只能稍稍阻延他的行動。那一劍應該傷不到他的內臟，她如此確信。

故此，她這一劍，表面是攻向他的胸口，實則攻擊所有生物的弱點——喉頭。只要呼吸受阻，任何生物都沒法逞兇，「八大惡」又如何呢？

這一劍雖然沒有「御劍術」的出奇不意，但力道、速度得宜，勝負該在一瞬間就可以分出來。

眼看人狼王的喉頭會被刺穿之際，他的右爪不知道在哪個方向揮了出來，長長的指甲竟然硬生生握著了鋒利的劍刃。

溫妮雅吞了口涎沫，不斷扭動右手，希望擺脱指甲的箝制。同時，她的左手結印，口中唸唸有詞。

——四周的精靈請借我力量……

她心知自己力量不及人狼王，希望借助「精靈法則」取回優勢。

小小的水珠在她的左手食指聚了起來。

生。

「去吧，水龍之術！」

水珠越過黑龍劍、利爪，「打」在人狼王的臉上，然後就散開了，什麼都沒有發生。

——怎會又失手呢？

溫妮雅眉頭緊皺，正想再試下去之際，異變突然發生。

幾道黑影從四方八面撲向她和喬亞，此刻她才明白喬亞所指——「擅用毒者，不擅用力」，也完完全全感受到哥哥指狼是荒野王者的深意。

傷害屍邪鬼的除了人狼王外，還有其他生物，而且是擅用毒的傢伙。他們一直埋伏在四周。人狼王如此虛張聲勢、且戰且退，根本在誘敵，令她大意，令她遠離喬亞。

——我怎會如此大意呢？

與溫妮雅的懊悔剛好相反，人狼王一臉雀躍，他根本毫不在乎對方是誰，他只在乎能否把獵物狠狠玩弄至死。他深深吸了口氣，揮動右手，把黑龍劍連帶溫妮雅拋往天上。

溫妮雅想抽起黑龍劍，不料被人狼王箝著，動彈不得。

她只好鬆開右手，人往天上躍去。

她人在半空，雙手急忙合十，唸唸有詞。劍，已不能再用，她只能盡最後之力，呼喚四周的精靈。

——這次不要再失手！

——水！土！風！火！任何精靈也可以，請你們快點來幫助我們！

這刻，她需要奇跡。

可是，在如此短促的時間，「精靈法則」又不是她的強項，她只唸了幾句，臉上就露出絕望的神情。

她一直沒有告訴喬亞，她雖然懂得「精靈法則」，可是只是偶爾能呼風喚雨，大多數的情況都跟剛才施展「水龍之術」一樣，喚不到水龍，只有一顆水珠而已。

人狼王突然怪叫一聲，拋開黑龍劍，躍得比溫妮雅更高，巨爪從天而降，掃向她的頭頂。

陣陣寒意自骨髓滲出來，溫妮雅頓時有種被利爪一分為二的錯覺。

——這是死亡的預兆嗎？這感覺……

溫妮雅的腦際突然升起一段片段，是今早離開阿葉克那城的情景，她剛策馬離開城門，就感到背後有雙眼睛在注視著她。她不回望，也猜到那雙眼睛不是哥哥的，就是嫂嫂的。他們一起生活了這麼多年，哥哥和嫂嫂都清楚知道她的性情，她決定了的事、想做的事是誰也不能阻止。她也早想到如何應對他們。

——我要去尋找真正的吸血魔，如果被他咬到的人，都有端芮的能耐，只消數人，就可以毀滅一個城市。我們不能退縮。

不過，她並沒有機會說出這些話，看著她的人依舊在看著她，沒有出手阻止她。因為看著她的不是哥哥或嫂嫂，而是一個本來該躺在病床的傷者——夏格。

夏格按著自己的右肩，凝望著溫妮雅的背影漸漸遠去，神情一片落寞。

「我去追她回來。」

一把低沉的聲音自夏格的背後響起。

「師兄，不用了。」夏格不理會背後二人，轉身離開。

「這個妹子……」艾瑟說。

「你到現在還不了解發生什麼事嗎？」站在艾瑟身旁的比尤姬說。

「我當然知道，因此……」艾瑟說。

比尤姬走近艾瑟，輕輕按著丈夫的嘴巴，說：「我們都錯了，如果師弟要留下她，只消一個眼神，她一定會留下來。」

艾瑟沒有再說話，他其實比任何人都明白，妹妹選擇在天未亮時離去，就是怕自己心軟。

比尤姬暗暗嘆了口氣，心裡恐怕比艾瑟、夏格更不好受，弄至這個局面，全是自己一手做成。如果當初沒有派溫妮雅「監視」二王子他們，她與喬亞相處的時間減少，應該不會弄至這個田地吧！

——不，他們在後巷第一次見面，就互相看不起對方，真是冤家。

溫妮雅當然不知道艾瑟他們三人的心思和對話，不過如果真的有這麼一次機會，她會選擇留下嗎？或許會，但她一定會後悔。

面對著人狼王的利爪，她突然慶幸今早沒有回頭，慶幸這一刻身在這裡。如果此刻她不在這裡，她才真的後悔莫及。

人狼王的利爪攻向她，她只能把身體盡量收縮，減少受傷的範圍。

她一直沒有放棄，左手不斷結印，希望盡最後努力呼喚到任何一種精靈。

「砰」的一聲，她倒在地上，隨即感到地面劇烈地震動。

「來了！」

是土之精靈出現的先兆。

——不妥，這震動太奇怪！

突然，數十道黑煙自地面升起，化成一頭又一頭黑兔。

「幻獸術！」她大叫，回頭看著喬亞。

喬亞仍然匍伏著，雙手按著地面。他的身旁有幾頭灰狼，可是牠們都反被幾十頭黑兔撞擊，沒法靠近喬亞。

溫妮雅搓了搓眼，覺得眼前的景象既荒謬又新奇，失笑地沒法合攏嘴巴。

黑兔，黑兔，又是黑兔！數不清的黑兔堆在她的眼前，像黑色的潮水湧向幾頭灰狼。

一頭黑兔被打成黑煙，飛回喬亞的體內，另一頭黑兔就迅速地從喬亞身上跳出來，撲向灰狼，補回空缺。

如此生生不息、詼諧的攻勢，溫妮雅還是首次看到。她忍住不大笑，當機立斷奔向黑龍劍。黑兔的數量雖然不少，但兔子又怎會是人狼王他們的對手呢？為今之計，只有用黑龍劍。

不過，她只跑了兩步，眼前一黑，龐大的身影從天而降，直壓向她。如此巨大，不看也知道是人狼王，她急急往旁避開，右腳順勢一踢，踢在對方的身上，再次借力躍走。

「有意思！」

人狼王才落在地上，就把一頭攀附在身上的黑兔往溫妮雅的頭上擲去。

溫妮雅立即拾起黑龍劍，回身一劍，把黑兔打成一道黑煙。看著黑煙亂飛，她的臉色頓時一沉，收起剛才稍為鬆懈的心情。她的心在這一剎痛極了，她記得喬亞曾經說過，每頭動物回到他體內之後，都會把感受傳遞給他。

剛才那兩頭被一分為二的黑豹，還有她這一劍無異是砍在他的身上。

——他痛嗎？到底他此時此刻承受多大的痛楚呢？他是怎樣鍛煉才能忍受這些痛楚呢？

她不敢再想下去，嬌呼一聲，往人狼王撲過去。

十數頭黑兔正咬著人狼王的四肢，但他皮肉甚厚，完全不放這些黑兔在眼內，反而把牠們當成武器，揮動右手，又投來一頭黑兔。

——不能避開！倘若避開，氣勢就會終止！

溫妮雅雖然明白當下的情況，但她還是忍不住往旁避開，氣勢、先機立時消散。

「原來如此。」人狼王嘻嘻一笑，露出一副小孩子發現新玩意的表情，拿起一頭黑兔，放在手上。

溫妮雅皺起眉頭，無奈地看著黑兔被人狼王握成黑煙。

黑煙從人狼王的指縫間滲出，在半空繞了一圈，回到喬亞的身上。

喬亞渾身抖動了一下，但依舊伏在地上，沒有看任何人。

——他到底怎麼了？這些黑兔雖然數量眾多，但除了能夠擾敵外，完全沒有殺傷力。為什麼不呼喚黑熊呢？

——他是不想，還是不能呢？

——不，黑兔只針對人狼王他們，他應該有能力控制黑兔的……

「你的兔子不美味。」人狼王竟然一面走向喬亞，一面把黑兔放在口中狂噬。黑色的煙霧不斷從他的口中滲出來，令他本來猙獰的面容更見詭異。

「瘋子！」溫妮雅說。

「瘋子？你們人類不是比我更像瘋子嗎？」人狼王似乎被觸碰了「痛處」，眼神突然變得異常凶狠，右爪揮向喬亞。

幸好，黑兔頗有靈性，迅速跳回喬亞的身前，擋住人狼王的利爪。黑兔越聚越多，慢慢地結為一個黑色的絨球，緊緊包圍著喬亞。

溫妮雅看著喬亞，頓覺他就像被繭包圍著的小生命，靜待著蛻變而出。但如此一個繭，能抵擋眼前這頭瘋狼嗎？

溫妮雅正要趕過去，四頭灰狼卻擋在她的身前。灰狼不急於進攻，只是緩緩踱步。她知道自己一時三刻也闖不過這灰狼陣，只好右手不斷揮舞黑龍劍擾敵，左手結印，口中唸唸有詞，再次唸起「精靈法則」。

——所有水之精靈請聽我的祈求，雲集在我的誠心之下……

一頭灰狼見溫妮雅眼神有點散渙，膽子大了起來，緩緩向前走上幾步。可是才走了幾步，牠就立即露出駭色，轉身與同伴一起逃去。

這些灰狼應該終身未曾見過這個情景，在這個水源深藏地底的山頂上，竟然升起一道巨浪。

溫妮雅回頭看去，既驚且喜，這巨浪不就是「水之精靈法則」的術式嗎？顯然巨浪不是她弄出來的，難道「精靈使」阿芙拉趕到嗎？

第十五章　她們不是人類

她們身穿貼身的青色露肩上衣，
除了左臂扣著一隻銀色手鐲外，
沒有其他掛飾。
跟貼身上衣不相稱的是，
她們下身是一條鬆身的裙子。

——是阿芙拉嗎？

溫妮雅很快放棄這個想法，那個巨浪實在來得太凶猛，凶猛得連她和喬亞都被捲進去，沿著山勢，沖向山下的阿髮河。以阿芙拉的技術，該可以做到不傷害他倆。

她身處浪中，順著水勢流到喬亞的身旁。喬亞早已暈倒，毫無知覺，她只好把他抱住。

「又是那些傢伙！真討厭！」人狼王大叫一聲，躍上半空，看準喬亞二人的位置，飛撲而下，大有飛鳥潛入水中捕魚的狠勢。

溫妮雅根本不知道發生何事，眼看就要被人狼王捉住的時候，他倆身旁的水勢突然生起一道旋勁，像利箭般射向人狼王。

人狼王不想苦纏，打了個筋斗，右腳踏在水柱之上，借勢跳開。他的身體異常強壯，這麼一跳竟然躍至另一座山頭。不過顯然他怕極了來者，悶哼一聲，轉身跑走。

溫妮雅不知道人狼王遇到何事，只知道他們不能被巨浪衝向河面，以現在的勢頭，說不定連她也會被撞至暈厥。

心念一轉，她想把黑龍劍插在地上，但浪勢實在太急，而且她又抱著喬亞，容不下她去做多餘的動作，只好盡量抱住喬亞的頭，以免跟河床撞個正著。

突然，溫妮雅感到四周的水靜止了，定定神，才發現他倆被一個水造的盾牌止住跌勢，四周的浪迅速流到河面，只剩下這個插在地上的水盾。

「散！」

溫妮雅聽到一把陌生的女聲呼叫，接著水盾爆裂，他倆跌倒在地上。誰想到堂堂大賢者、國師兩名愛徒竟然披頭散髮，渾身如斯狼狽。她輕咳了幾聲，一來把口中的水吐出來，二來也讓自己鎮定下來。

「你們沒事吧？」

溫妮雅眼前出現了兩名紅髮女子，她們的髮型一長一短，似乎象徵了她們的性情。果然，短髮女子狠狠地盯了他們一眼，問：「是人類嗎？」

溫妮雅微感錯愕，對方這種語氣，好像視人類為異類，但眼前這兩名女子，怎看也是人類，而且長得十分漂亮。她們眼睛亮麗而大，紅頭髮在日光下不比阿芙拉的金髮遜色，不過令溫妮雅印象最深刻的，是她們的唇，厚厚的唇配著淺褐色的皮膚，閃著亮光，帶點性感。

在溫妮雅的印象中，王都內沒有人是天生紅髮，而且這種唇的厚度也不像是附近的居民。她們身穿貼身的青色露肩上衣，除了左臂扣著一隻銀色手鐲外，沒有其他掛飾。跟貼身上衣不相稱的是，她們下身是一條鬆身的裙子。

——她們的裝束不像是城中或村莊人，似乎是山野居民。

長髮女子蹲在他倆面前，瞟了瞟喬亞，問：「他還好嗎？」

溫妮雅覺得她的聲音有點模糊不清，才想到自己的雙耳應該灌進了不少水。她拍拍耳朵，答：「他只是太累，休息一陣子便無礙。」她的回答相當巧妙，沒有說太多，也沒有說謊。

「真魚。」短髮女子雙手抱胸，不耐煩地說，「還不快點兒，被那傢伙逃脫了就夜長夢多。」

「那傢伙？」溫妮雅好奇地說。

「就是那頭人狼，我和姐姐正在追捕他。」長髮女子真魚回答。

「你們是侍衛嗎？」溫妮雅當然知道這不是答案，不過她們如此有能耐，又在追捕人狼王，絕對要知道她們的身份。

短髮女子皺眉說：「這個世上不止一個王國。」

「即是鄰國的侍衛？」溫妮雅問。

「可以這樣子說。」真魚又說，「雷克蘭不是你可以對付得來的，你們還是快點離開，交給我們姐妹去辦。」

這時候，溫妮雅才看見她倆的眼睛是碧綠色的，比綠寶石還要耀眼。

「雷克蘭是指人狼王嗎？」溫妮雅看見真魚微微點頭，頓覺訝異，原來人狼王竟然有自己的名字。

「人狼王，呸，這階下囚，竟然稱自己為王。真魚，你就在這裡多管閒事吧，我先行一步。」短髮女子右手揚起，一道水箭從地底射了出來。她飛身而起，踏在水箭之上，往人狼王逃脫地方追去。

「姐姐，等我。」真魚雖然如此說，卻沒有追上去的衝動。她淺淺一笑，擦了擦鼻子，有點高傲地說，「你應該很不服氣，那就好好休息，看看誰先打倒雷克蘭。」

溫妮雅茫然地看著真魚，完全不明白她在說什麼，難道自己的臉色不好看，令對方誤會了自己嗎？她現在只想帶著喬亞，趕在哥哥離開前回到阿葉克那城，再商量對付屍邪鬼和人狼王的方法。

真魚站了起來，語氣突然一變，溫婉地說：「對不起，姐姐的急性情嚇壞了你。」

「不要緊。」溫妮雅問，「你們為什麼要追捕人狼王呢？」

真魚瞟了瞟地上的黑龍劍，說：「我會等你。」之後地底冒出了一團水，她站在水上，滑了開去。綿綿無盡的山嶺，真魚跟她的姐姐一樣，頓時消失得無影無蹤。

——如果我也會這種「精靈法則」，應該可以盡快回到城內。

「她們應該不是侍衛。」

是喬亞的聲音。

溫妮雅頓時大喜，說：「你終於醒來了。」

「她倆不是普通侍衛。」喬亞重複地說，語氣不無怒意。

「是嗎？」溫妮雅問。

喬亞從溫妮雅的懷中坐了起來，說：「我嗅到非人類的氣味。」

「非人類？她們真的不是人類嗎？」溫妮雅本來也有如此猜想，經喬亞這麼一說，就更加肯定了自己的猜測。

喬亞以為溫妮雅不相信自己，回頭看著她，說：「她們可能是『獵人』，跟我和師兄師姐做的事一樣，專門對付奇怪的生物，相處日久，因而習染了非人類的氣味。」

溫妮雅雖覺得有理，但剛剛短髮女子擺明說「人類」，而非「人」，顯然視他們為異類。

「我另外有個非常大膽又可能自相矛盾的猜想。」喬亞又說，「你記得屍邪鬼、人狼王如何稱呼對方嗎？」

「老三、老七……還有老四……」溫妮雅綜合說，「老三是人狼王，老四是屍邪鬼，那剛才那兩姐妹會是老七麼？」

喬亞搖首說：「老七應該是會用毒的傢伙，我一直以為潛伏在我們身旁的是那位老七，但原來是幾頭灰狼。」

「因此你才提示我有個『擅用毒者』嗎？」

「是的，我希望這樣說，不會被那頭人狼發現。」

「《古賢書》沒有提過『八大惡』中有懂得用毒的傢伙。」

「師父曾經說過，『八大惡』是遠古生物，因時代久遠，不同地區有不同版本，除了吸血魔位列在首位、每個地區的人民都有提及外，其他或多或少有些分別，而且部分內容很可能是居民後來杜撰的。《古賢書》只是綜合了各地的傳說流言，與事實可能有點距離。」

「她倆不是老七又會是誰呢？」

「或許是老二、老八……」

溫妮雅搓搓額頭，問：「假設她們跟人狼王、屍邪鬼都是『八大惡』，為什麼要互相殘殺呢？」

喬亞右手按著地面，顯得有點兒疲累，但仍然提氣說：「或許是遊戲。」

「遊戲？」

「互相殘殺的遊戲。」喬亞的想法一次比一次大膽。

「真的嗎？」溫妮雅半信半疑地說。

「你忘記了那妹妹的語氣嗎？完完全全一副玩世不恭的口吻。」喬亞狠狠地說。

溫妮雅恍然，終於明白真魚剛剛那高高在上的神情，原來她早看出喬亞已醒過來，話是說給他聽的。以喬亞的性格，確實不會輕易一走了之，他休息過後，一定會召喚黑龍，對付人狼王他們。

喬亞見她神情有異，不知道她在想什麼，只好說：「我也不知道我的猜測是否正確，但應該很快會知道答案。」

「很快知道？」

「我一定會還以顏色。」喬亞舉起右手，食指登時生出一隻小蚊子。

溫妮雅先是一愕，旋即明白喬亞早已乘真魚兩姐妹不備的時候，派出小蚊子潛伏在她倆的身邊。

她按著嘴巴，忍住不大笑。喬亞不服輸的性格果然很容易猜得透，看來在他而言，真魚她們比人狼王還要可惡。

但既然他看真魚二人不順眼，為什麼不起來反駁她們？為何仍躺在自己的懷裡呢？以他的性格，直接反駁不是更好嗎？

另外，那些黑兔是什麼一回事……

溫妮雅想著，才發現他倆現在坐得很接近，喬亞的呼吸聲隱隱約約傳到她的耳窩

內，她正要別過臉，喬亞卻突然低下頭，額頭貼近了她的胸前。

「你……」

她沒有再說下去，話是說給清醒的人聽的，睡著的他早已聽不到了。她拍了拍他的臉，但他微微睜開眼，呆呆地看了她片刻，又再闔上。

——他應該是太累了。戰端芮、戰屍邪鬼、戰人狼王，不斷以自己的生命能量呼喚黑龍等聖獸，還得承受他們的傷害。

——他剛剛應該不是不想親自反駁真魚二人，只是與其被對方看到虛弱的一面，不如就一直裝作沒有醒過來，兼且還可以在不知不覺間放出小蚊子。但真魚早識破他醒過來，小蚊子真的可以嗎？

——他真像個小孩子！

溫妮雅知道苦思下去都不可能有結果，唯有等喬亞醒來後才問個明白，當下最重要的是找個地方安頓好，不但要等待喬亞醒過來，還要弄乾他們身上的衣服。

她輕輕推開喬亞，站直了身子，放眼望去，時間剛好過了中午，陽光仍是非常燦爛，四周卻異常平靜，除了地上的小草還有點點水珠外，誰料到這裡發生過大戰，誰又料到他們先後對上了二惡呢？

她轉身背起喬亞，往山腳走去。喬亞雖然不算高大，但一點也不輕，她深感舉步維艱，不過她沒有半絲感到沮喪。

她再次感到慶幸，慶幸自己今天趕了過來，如果只有喬亞一人，真的不知道他如何面對。但回心一想，喬亞一定會說：「既然你已經在，為什麼要想你不在要怎樣做呢？」

她莞爾一笑，聽見喬亞均勻的鼻鼾聲，心就覺得更坦然。她暗暗咒罵：「有我照顧你，你就儘管做好夢吧！」

什麼好夢都有醒來的一刻，喬亞在黃昏時分恢復了知覺。沒錯，只是恢復了知覺，沒有完全醒過來。或許有人會稱這種狀態是半夢半醒，但他知道不是這樣子，他的靈魂是醒過來，但身體卻不受控制，接近透支的狀態。

喬亞瞇著眼，看到溫妮雅坐在自己身旁、火堆之前，熊熊的火光映照在她的臉上，把她的臉部輪廓完全突顯出來。

他很想站起來，可是他的身體不聽使喚。他只好放鬆身子，任由意識飛馳，想起一段往事。

他依稀記得身體如此的狀態曾經出現過幾次，其中一次是發現了他會製造動物後幾個月的一天，他因一件事而受到刺激，整個身體就像不受控制般不斷生出動物。

那一次不單有黑兔，還有黑貓、黑相思鳥、黑蜻蜓、黑蝴蝶……

他已經接受過一段日子的訓練，理論上已掌握了基本釋放動物的技巧，但這一天竟然失控了。

喬亞感到有異，微微抬頭，看見阿芙拉一臉彷徨之色。她想走近他，但滿園的小動物重重包圍著他，似要阻擋阿芙拉再走前一步。

——你們讓開！

喬亞喃喃地說，可是小動物完全不受控制，一下子竟然全部往阿芙拉身上撲過去。

阿芙拉心中痛極，知道這些小動物都是喬亞的生命能量，與他有切膚之關連，不能輕易傷害牠們，於是吐了一口氣，往後躍開，退出了庭園。

小動物沒有追過去，反而向喬亞靠攏過去。

「怎會這樣子？」

是大師兄克遜的聲音。

他走了過來，按著阿芙拉的肩膀。

「你要控制自己，把牠們收回體內。」克遜緊握拳頭，已經作最壞的打算。他記得師父說過，只要見到這些小動物，就要把牠們打掉，讓牠們回到喬亞的體內，但這刻小動物的數量實在太多，而且經過幾個月的苦練，這些小動物已經不再是剪影，而是實體的小動物。如果真的擊打牠們，到頭來受傷害的只會是喬亞。

喬亞伏在地上，沒有答話，兩手緊緊抓著地面。他看得到阿芙拉的面容，也聽得到克遜的話，就是沒有辦法控制各種小動物。牠們是他的一部分，但又是獨立的個體。

——你們快點回來！

喬亞的額頭貼近地面，狀甚痛苦。

著。

突然一道黑影從天而降，落在喬亞的身旁。

克遜、阿芙拉同時大喜：「師父。」

大賢者揚揚手，打在喬亞的背上。小動物立時往喬亞身上聚集，一下子就把他包圍

「回去！」大賢者大叫。

所有小動物同時潛回喬亞的體內，也同時把感受傳回給喬亞。他一時之間無法處理這麼多感受，面容抽搐，掙扎了一會兒，就跌向一旁。

克遜及時把他扶起，說：「小弟，振作點。」

喬亞確實聽到克遜的聲音，但整個身體像跟他的靈魂分離一樣，動彈不得。

大賢者說：「帶他回房休息。」

克遜背起喬亞，阿芙拉問：「師父，我們該怎樣做才好呢？」

大賢者說：「看來要找一件東西讓他分分神才可以。」

「需要什麼東西呢？我立即去找。」克遜回首。

「譬如一件道具，訓練他每次都要通過那道具才可以製造動物。」大賢者說。

阿芙拉恍然說：「就是要師弟依賴這道具製造動物。一旦這道具不在身旁，動物就不能出來。」

大賢者拍了拍阿芙拉的頭，說：「聰明。」

克遜問：「是否任何物件也可以呢？」

大賢者說：「我也不知道是什麼，這要看他的緣分。或許一下子就找到，又或許永遠找不到。」

喬亞瞇起成一絲的雙眼不斷游移，最終落在師父口中的道具——黑龍劍之上。沒錯，自從獲得黑龍劍後，師父就訓練他所有動物都要經過黑龍劍變出來，否則就命克遜一刀一隻，把牠們砍殺。

起初喬亞仍然有不受控的情況，但被克遜斬殺得多了，痛楚和思緒增大，身體漸漸學乖了。日積月累下來，他也確實做到了師父的要求。

在別人眼中，他是依靠黑龍劍製造聖獸，但他們四師徒都明白黑龍劍反而是一種良藥，束縛他的良藥。

——我真是太失策，竟然因為被屍邪鬼吸去少許生命能量就失控，我還有顏面見師父嗎？

——那一次，我是為了什麼事失控呢？

喬亞正要想下去，卻聽到溫妮雅說：「你醒來就好了。」

第十六章　分別的時候

分別來得如此的快，
來得如此令人措手不及。

「你要喝水嗎？」溫妮雅扶起喬亞。

喬亞睜了睜眼睛，沒有說話，又再昏睡過去。

溫妮雅無奈地拿出毛巾，在淺溪弄濕了它，放在喬亞的唇上。水慢慢滲入喬亞的口中，帶著一份甘甜。

他又再次回到夢鄉中，如是者，喬亞醒來了三次，每次醒來都看見溫妮雅坐在身旁，她像不懂得疲累一樣，每次喬亞醒來，她總是照顧周到。

他的恢復進度一次比一次好，第三次甦醒已差不多完全復原過來。他站了起來，拿起黑龍劍，說：「老朋友，你應該不大甘心吧！」

溫妮雅看見喬亞一臉振奮，狀態該恢復得七七八八，忍不住探問：「有消息嗎？」

喬亞舉起右手，黑龍劍朝天，說：「牠還沒有回來，我們去找牠。」

溫妮雅問：「你知道牠在哪裡嗎？」

喬亞搖首說：「不大知道，但你不知道我頗擅長偵測嗎？」

幾頭飛鷹立時從黑龍劍飛了出來，牠們展動翅膀，瞬間沒入黑暗之中。

溫妮雅看著幾頭飛遠的黑鷹，心裡竟然變得踏實起來。

「不過，我們現在應該先吃點東西。」喬亞看見火堆旁插了幾條已烤好的魚。

溫妮雅遞上其中一條，說：「還以為你不會肚餓。」

「我不肚餓，但我體內的『森林』也會肚餓。」喬亞接過溫妮雅手中的烤魚，滿足地咬了一大口。

溫妮雅見喬亞吃得津津有味，竟然生起一種想法，如果人生可以在這一刻暫停，是多麼美好的事啊。

——不，我們不犯人，但人卻會來犯我們。

——人狼王似乎視我們為獵物，還有那個屍邪鬼，他會吸食生命能量，喬亞對著他沒有勝算。天道與鬼道早已被毀，我又不精通「精靈法則」，完全幫不上忙。

——我應該勸喬亞去找大哥他們，以克遜的刀勢，再加上土、水兩大「精靈法則」，還有可以找端芮幫手，該可以跟屍邪鬼、人狼王有一鬥之力。

喬亞見溫妮雅神情有異，猜到她在想什麼，說：「如果再遇上屍邪鬼，我一定會召喚出黑龍。我這位老朋友應該極不甘心，怎可以不打就逃跑，是嗎？」

溫妮雅暗想這個世上沒有多少人會視黑龍為老朋友吧，不過這頭黑龍真的是聖獸嗎？不會又是喬亞的生命能量變出來嗎？

「放心吧，黑龍真的住在劍內，而且他不怕被那傢伙吸食。」喬亞說。

溫妮雅點點頭，暗想喬亞如果真的能召喚出黑龍，確實有與屍邪鬼或人狼王一戰之力，但自己呢？她在喬亞昏睡的時候，除了照顧喬亞外，還一直在想自己有什麼能耐。她曾經拿著黑龍劍不斷嘗試，希望使出「御劍術」，可是一柄沒有跟她立契約的劍，她完全不能控制。而她，又偏偏不想跟黑龍劍立約。這是喬亞的劍，我跟它立了約的話，他還可以召喚出黑龍嗎？

假如一柄劍只能讓一個人使用「術」的話，顯然黑龍比她的「御劍術」更有威力。

「你在想什麼呢？」喬亞問。

溫妮雅不想喬亞擔心自己，岔開話題：「如果屍邪鬼、人狼王和真魚兩姐妹一起出現呢？黑龍未必可以對付他們。」

喬亞說：「倘若是這種情況，我們只好挑撥他們，最好是四方大混戰，也不能讓他們結盟。」

「他們會結盟嗎？人狼王不是殺害過屍邪鬼嗎？而且他不是說不想我們落入屍邪鬼手中，以便增強力量嗎？」溫妮雅問。

喬亞皺著眉說：「敵人的敵人就是朋友，我們佔到優勢的時候，說不定他們會聯手。而且他們真實的關係是怎樣，我們也不大清楚。」

「呀，我怎麼忘記了。」溫妮雅突然張口大叫，「那姐姐曾經說過人狼王是階下囚，看來她們曾經監禁過他。因此人狼王看見她們後，匆匆逃走。」

喬亞說：「這才順理成章，王都雖大，但無論是吸血魔，還是人狼王、屍邪鬼都不可能隱姓埋名這麼多年，看來他們不是在別的王國生活，就是被監禁了多年。如此看來，屍邪鬼再次遇上我們的時候，會不惜一切第一時間吸食我的生命能量，以便增加力量。」

溫妮雅點點頭，暗想若到了那個時候，他們「第一時間」要做的事就是逃跑，但喬亞會麼，他對黑龍這麼有信心。

——黑龍呀，黑龍呀，你真的有能力對抗他們嗎？

「若到了那個時候，你要第一時間逃走。」喬亞說。

溫妮雅委屈地低頭不語，確實在那種情況下，她只有這樣做才可以令喬亞放心一戰。只要喬亞恢復過來，她是沒有任何作為的，除非她可以再次控制黑龍劍，但這又有什麼作用呢？對付端芮的時候，她雖然可以操控黑龍劍，不過完全傷害不到端芮，最終令端芮放棄的，還是得靠喬亞的智謀。

喬亞見溫妮雅臉色有異，輕咳了一聲，說：「如果遇到的是真魚兩姐妹、人狼王的話，你可以留下來。是臭屍體的話，你要應承我，盡快逃走。」

溫妮雅愕然，定睛地看著喬亞，方發現他的臉雖然在黑夜之中，但在火光映照之下，特別的紅。

一陣溫熱升上了心頭，溫妮雅本想答話，但一時間卻說不上什麼，只有微微地點頭。

突然，喬亞右腳一伸，踢滅了火堆，同時打滅了溫妮雅的沉思。

「你幹什麼？」溫妮雅好奇地問。

喬亞遞起右手，一頭飛鷹立時潛回黑龍劍劍身。

溫妮雅的目光立時落在喬亞的肩膀上，只見他的肩膀微微震動，那頭飛鷹已轉化成生命能量，回到喬亞的體內。

「我就看看她們有什麼能耐敢輕視我們。」喬亞咬牙說。

溫妮雅心下冷笑，暗想喬亞果然不服氣，不能讓人看到他軟弱的一面。

喬亞揚揚手，兩頭黑豹走了出來，他飛身躍了上去，溫妮雅卻有點猶豫。

「放心吧，我的體力已經恢復過來。」

溫妮雅卻想到另一回事，如果黑豹的感受最終會回到喬亞的腦海，那麼她坐在黑豹之上，豈不是跟抱著他差不多嗎？

誰想到前陣子還在想勞役喬亞，如今卻變了另一回事。

「還不走？」喬亞回首看著溫妮雅。

她聳聳肩，飛身上豹，暗想剛才在巨浪中不是已經抱了他很久，而且大敵當前，既然喬亞不介意，自己又何必介懷。

兩頭黑豹在夜幕下飛快地奔跑，把所有風景都拋在背後。牠們跑得實在太快，溫妮雅雖然跨坐其上，仍然有點坐不穩，見喬亞把身子伏在黑豹之上，也就學他，伏了下來。

她如此一伏，頓時與黑豹化成一體，像道黑色的勁風，追著喬亞而去。

突然，喬亞回首大叫：「小心，屍邪鬼在我們後面。」

——什麼？

溫妮雅大驚，回頭看去，果然看見一道黑影在樹枝之間穿插，追著他們。

溫妮雅暗想這真是最糟糕的狀況，他倆全力在追趕真魚、人狼王，根本沒有想到屍邪鬼在背後追趕他們。而且喬亞派了出去的小蚊子、飛鷹也沒有回來，他能呼喚出黑龍嗎？

黑豹跑得頗快，但屍邪鬼的速度亦不慢，不斷從一棵樹跳到另一棵樹，越來越接近他們。

溫妮雅覺得這個屍邪鬼比白天看見的好像更厲害，到底是他夜裡變得更有威力，還是由於吸食了大量生命能量之故呢？

喬亞仰天長嘯，向她胯下豹發出暗號，牠立時往左拐去，走往小路。

溫妮雅頓時想起喬亞之言，若遇上屍邪鬼，她要第一時間逃走。

——不要！

分別來得如此的快，來得如此令人措手不及。

她雖然知道這是他們之間的約定，但到了要實行的時候，還是有點依依不捨。

走進小路，她就看見屍邪鬼的身影飛快地掠過，往喬亞一人一豹追過去。屍邪鬼定是食髓知味，要吸食喬亞的生命能量，否則以他們的實力，他應該先向自己下手。

她嬌呼一聲，身子微側，想改變黑豹逃走的路線。但牠卻擺擺頭，完全不受溫妮雅的控制，逕直往前急奔。

「果真物似主人。」她想起喬亞的固執，默唸了幾句「對不起」，翻身連著黑豹往左側倒下去。

一人一豹在草地上滾了幾個圈，各自撞在樹上才停了下來。溫妮雅按著右肩，瞇眼看著黑豹。

黑豹舔著前足，呆呆地看著溫妮雅，顯然牠是收到喬亞的指令，要好好載著溫妮雅。

但如果她不逃走的話，牠也沒有法子。牠雖然是一頭黑豹，卻沒有思想。牠踱步至溫妮雅的身前，用鼻子嗅了嗅溫妮雅的身體。

溫妮雅伸手撫摸著牠的頭，憐惜地說：「他需要你，你回去吧！」

黑豹沒有靈魂，兩眼空洞地看著她，顯然牠聽不明白她的話。

不過，牠有一個地方是好的，就是牠會回到喬亞的體內。

溫妮雅悄悄地說了一聲「對不起」，右手往黑豹的頭顱拍過去。黑豹似明非明地順著溫妮雅的玉手，頭顱往地上撞去。

沒有任何聲響，黑豹立時化成一團黑煙，飛快地從溫妮雅身旁掠過。她想伸手捉著牠，可是黑煙就像流水，瞬間從她的指縫溜走。

這感覺很熟悉，她記得有一天上課的時候，師父拿了一盤水出來，問他們師兄妹，如果要藏起它，不讓任何人找到，他們會藏在哪裡呢？

艾瑟的答案很直接：「王都的寶物庫，守衛夠森嚴，只要師父一天在王都，誰也不能闖進去。」

比尤姬搖首說：「師兄這方法確實很好，但你雖然藏著，但大家都猜到它在王都之內，那麼就失去了藏的意義。我會把它倒進瓶子，再藏在泥土之下，只要不做記號，大家縱使知道有一瓶水在地底，也不知道藏在哪裡。」

夏格則問：「師父，任何人是否包括收藏者呢？」

國師點點頭：「也可以這樣說。」

夏格說：「那麼我會把水煮掉，蒸發了之後，才真正誰也找不到。」

艾瑟、比尤姫同時看著夏格，不敢相信這個一向溫柔的師弟，竟然有這麼暴力的想法。當然，他們從來沒有想過，一個人可以極溫柔，也可以極暴力，視乎對待什麼人吧！

國師平靜地說：「小溫，你會怎樣做呢？」

溫妮雅說：「我本來想說喝下去，不過我又不知道它是否潔淨，或許我會把它倒進海裡。」

比尤姫說：「還是師弟師妹聰明，雖然方法不相同，但異曲同工。」

溫妮雅問：「師父，你會怎樣做呢？」

「我的手好像不大乾淨。」國師淺淺一笑，把手伸進水裡，然後拿出來，再輕輕揮動，弄乾那微濕的手。

比尤姬恍然，説：「原來如此，只要洗過了手，這盤水就不是本來的水，誰也沒法找得到本來的，這樣做才真正藏著了。」

艾瑟、夏格露出不解的神情，溫妮雅則似明非明伸手在水中蕩來蕩去，喃喃自語：「本來的水……藏著了……」

溫妮雅記得自從那件事後，師父就為四人設計了不同的「法術勢」——本來擅長刀法的艾瑟改練「幻甲術」；比尤姬繼續苦練「土之精靈法則」的各種術式；夏格既練「雷霆斧勢」，又練「幻體術」；至於她，則修練「水之精靈法則」。

可是，連國師也不明白，她練了很久很久，差不多每一刻也在練，都只能跟少許水之精靈溝通。縱使有些時候成功，但那些水的分量也不能做到什麼，就像對付人狼王的小水滴。

那陣子，她很沮喪，直至有一天她跟哥哥玩兵器的時候，發現自己擲劍擲得特別的準，才修練起「御劍術」。

——為什麼經過這麼多年，我仍然沒法控制水之精靈呢？連師父也認為是沒有可能的事，難道我真的如此不濟嗎？

「水之精靈們，請求你們聽我的命令，與我結成契約，為我的天兵……」溫妮雅站在森林之中，不斷重複四五種術式和術語，可就是沒法跟水之精靈取得聯繫。明明四周都是水之精靈，他們都聽到她的術語，就是不肯為她服務。

她有點沮喪，放眼看著四周，根本沒有其他可以跟她立約的兵器，難道隨便執拾幾條樹枝，就當作「御劍」嗎？

嫂嫂比尤姬曾經説過，精靈數目有限，可能他們都跟個別精靈使立了契約，縱使聽到呼喚和請求，也只能輕輕回應，沒法聚集起來。按她的看法，每種元素的精靈使，不會超過三人，甚至有些元素由一人獨攬。因此在「法術勢」中，「精靈法則」威力最大，也最罕有。當時，她只好認命，修練「術」或「勢」。

但現在這個情況，她不想認命。

她抬頭望著黑夜的穹蒼，想起阿芙拉，想起真魚，心生羨慕又極妒忌，最後竟然有點神傷。

——到底我應該怎樣做才可以出一分力呢？

——難道我真的如此沒用嗎？

突然，不遠處傳來似曾相識的狼叫。

溫妮雅皺皺眉，感到大傷腦筋，最不想發生的事終於發生了。

兩大惡同時出現，無論怎樣發展下去，都對喬亞極之不利。

她急轉身，循狼聲的方向走過去。

這是她現在唯一可以做的事——引開人狼王。

第十七章　異獸戰

屍邪鬼往後跳開，撫摸著胸膛的傷口。

他狠狠地盯著喬亞，

難以置信地看著喬亞

和貫穿他身體的黑龍劍。

喬亞騎著黑豹，不斷往前奔跑。如果換了平日，他一定放出蜂群，擾亂追趕的敵人。但屍邪鬼能把蜂群當作食糧，這方法並不可行。

他咬咬牙，決定保留實力，以在最佳時刻，召喚出真正的聖獸——黑龍。

「老朋友，你忍耐多一會兒。」

喬亞沒有回望，卻感到屍邪鬼越來越接近自己。看來一戰是在所難免的，他只望能離溫妮雅越遠越好，不能讓她捲入這次戰鬥。他雖然可以借助她的能力，遙控黑龍劍，但召喚了黑龍後，她就沒有兵器可用。

如果方法不對的話，他們在屍邪鬼的眼中，只會是食糧。他們越強，越能填滿屍邪鬼的口腹。

突然，幾片落葉跌在他的頭上。

喬亞翻翻身，黑豹順勢翻了個筋斗，向著他的頭撞過去，牠頓時化成黑煙，潛回他的體內。

「有趣！有趣！」落葉之後，衣衫襤褸的屍邪鬼落在他的身前。

跟上午看見的屍邪鬼比一比，晚上的他精神更飽滿，到底他吸食了多少生命能量呢？

喬亞把黑龍劍插在地上，雙手合十，背上立時生出一隻黑色的利爪。

「我們不在的日子，人類竟然進化成如此模樣，不過你該知道動物都是我的食糧，只要吸食了你，老三、老七，不，縱使老大也不是我的對手。」屍邪鬼貪婪地看著喬亞。

喬亞冷然一笑，說：「你不認得它嗎？」

屍邪鬼兩眼滲出黃色的光芒，皺眉地說：「原來你已經見過老三，你吸食了他嗎？」沒錯，喬亞變出來的手，竟然與人狼王的右爪頗相像。

「你以為呢？」喬亞當然不會說出這只是他見過一種土狼的爪。

「如果你吸食了他，我才要感謝你。」屍邪鬼飛身而起，撲向喬亞。

喬亞右手揚起，黑龍劍平地飛起，黑色的手立時把它抄住，砍向屍邪鬼。

屍邪鬼顯然不像端芮般刀槍不入，否則也不會傷在人狼王的利爪之下，急急往旁避開。

喬亞不待劍勢消去，心念急轉，劍招即變，追著屍邪鬼落下的方向。

「還不上當。」屍邪鬼矮身避開來招，張口就往黑色利爪咬去。

喬亞身經百戰，早料到此著，急急散去利爪，化作輕煙潛回自己體內，同時他的背後卻又另外生出八條黑色物體。

屍邪鬼臉色頓時一沉，顯然從來沒有想過會在陸地上重遇這頭妖物。他仍然記得遇上牠時的慘況，若非他能吸食對方的生物能量，早被牠分屍。

——這個人類是怎樣知道我曾經陷入過苦戰呢？難道他已經知道我的弱點？

屍邪鬼內心駭然，但臉上卻是一臉忿恨：「你這頭八爪魚，我要你再多死一遍。」

沒錯，喬亞召喚出來的竟然是八爪魚的觸鬚。

屍邪鬼還未想到應對的方法，一條觸鬚竟然捲起一棵大樹揮向他。他連忙往旁躍開，但無論他跳向哪一處，總有另一棵大樹擊向他。

八條觸鬚捲著八棵大樹，從四方八面攻向他。

他心裡暗恨喬亞，這傢伙只跟他交過一次手，就想到這種以樹迎擊的方法，使他無從吸取生命能量，果然不能小瞧。那些觸鬚實在可惡，不快的記憶填滿了心頭。他知道，無論過了多少個年頭，他都無法忘記這些觸鬚。

——真可惡！

屍邪鬼腳步稍稍遲疑，幾棵大樹立即攻向他的身上。塵土飛揚，一棵樹被喬亞打得斷為兩截，可見力道之猛。若是普通人，肯定是有死無生之局，但這對異物——屍邪鬼有用嗎？

喬亞抹抹臉上的汗，收回觸鬚。剛才他連番召喚土狼、八爪魚，表面是取得壓倒性優勢，實則一步一驚心。

他心知屍邪鬼可以吸食生命能量，他召喚出來的動物根本沒法對付他，因此他把動物的身體藏在自己的體內，只把部分肢體露了出來，盡量減少被反噬的面積。而且他相信攻擊一定不可以含糊，一定要密不透風，不能讓對方有空隙去咬住牠們的手臂或觸鬚。

剛剛只要遲疑片刻，莫說土狼、八爪魚會被屍邪鬼吸收，連他的小命也不保。

喬亞看著那幾棵大樹，不住喘氣。他雖然素有訓練，但如此密集的攻擊，連他都感到有點疲累。喬亞心底疑惑，屍邪鬼應該已經身受重傷，不過要怎樣才可以徹底消滅他

呢？抽起大樹之際，說不定讓他有機可乘，但若不徹底除去他，他說不定好像之前一樣會復活。

——為什麼他會復活呢？他復活應該需要一些條件，到底是什麼呢？難道是我們葬了他後，他吸食了蟲屍獲得了能量嗎？不，我們移動他的身體時，他明明已經死了。而且他是吸食生命能量而復活，那他可以在那時吸食我們的能量，這之間的關鍵是什麼呢？

「真討厭。」

屍邪鬼的聲音竟比之前更見洪亮。

砰的幾下巨響，幾棵大樹立時飛起。

喬亞飛身站在其中一棵飛向自己的大樹上，收起內心的驚訝，鎮定地看著屍邪鬼。

屍邪鬼撥了撥身上的灰塵和樹葉，瞪著黃眼說：「我本來只打算捉住你，有空時才吸食你的能量，不過現在我決定殺了你。」

喬亞見屍邪鬼沒有半分受傷的痕跡，禁不住吞了口涎沫，他剛才的攻勢不比人狼王的利爪弱，怎會完全沒有半分作用呢？難道要加上毒才可以嗎？

心念一轉，喬亞的左手手掌稍稍發熱，隱隱約約有一物隆起，細看之下，竟然是一頭毒箭蛙。

這實在是生死之搏的一刻。

在黑豹等動物未回到他的體內前，他是不能釋放黑龍，因此他只能另想方法對付屍邪鬼。雖然各種從他體內生出來的動物都有牠們各自的特性，但說到底毒箭蛙的攻擊力不強。倘若毒液沒法對付屍邪鬼的話，毒箭蛙只不過是「美食」。

——放，還是不放呢？

幸好，這時候屍邪鬼卻說：「你最好就是逃跑，夜間的我比白天強壯得多，莫說老三，連老七的毒我也可以輕易消化掉。」

——原來是「晚上」這個元素，幸好沒有衝動地放出毒箭蛙。

喬亞抬頭看著黑色穹蒼，一面盤算著要等多久才到天明，一面讓毒箭蛙慢慢潛回他的體內。

現在只有一個對付他的方法，就是釋放黑龍。

喬亞默唸：老朋友，如果我們沒法擊倒這傢伙，你一定要逃跑。

黑龍劍像聽到喬亞的話，錚然作響。

突然，一道黑色的物體從遠方飛回來，撲向喬亞。他伸出左手，讓物體潛回體內，腦際立時升起溫妮雅有點倔強，有點委屈的模樣。沒錯，那黑色物體就是載著溫妮雅的黑豹。

喬亞皺皺眉，升起前所未有的惆悵。

他舉起黑龍劍，朝天大喊。

「看來我要全力以赴了！」屍邪鬼右腳向前一踏，也不見他有任何動作，下一刻竟然已經在喬亞的身前。

——很快！

喬亞面露駭色，還沒來得及揮劍，胸口已經結結實實地中了一拳，整個人失控地往後飛退。

「小鬼，你認命！」

喬亞才聽到屍邪鬼的話，屍邪鬼已經從後鎖著他，教他動彈不得。

屍邪鬼張開口，深深吸了口氣，就要往喬亞頸上咬去，一道黑氣自喬亞肩上升起，他的生命能量快要鑽入屍邪鬼的鼻中。

「老朋友，委屈你了！」喬亞看著遠方，心繫著派到遠方作偵測的小蚊和飛鷹，牠們看來是趕不及回來了。

突然，幾聲令人毛骨悚然的狼嚎自遠方傳來，屍邪鬼皺皺眉，微微抬頭看著遠處。

喬亞想掙扎，但屍邪鬼的力道比他更強，而且他們貼得這麼近，他如果派出動物，肯定會更快成為對方的食糧。喬亞眼波落在右手的黑龍劍上，說了一聲：「師父，抱歉！」

屍邪鬼說：「老三，你別太猖獗，我今天一定教你……你……怎麼？」

喬亞笑得雙眼瞇成一線：「這就是我們人類的可怕。」

屍邪鬼往後跳開，撫摸著胸膛的傷口。他狠狠地盯著喬亞，難以置信地看著喬亞和貫穿他身體的黑龍劍，沒錯，喬亞為了傷害他，竟然用上這種不要命的打法，一劍貫穿他們的身體。

——這傢伙又不是不死身，竟然用上這種殺著，真可惡，實在太小瞧人類！

屍邪鬼輕咳了幾下，伸手在地上一抓，把幾塊泥土拉近自己。只見泥土滲出一些黑氣，似乎內裡有些小蟲住在其中。

「你果然會受傷。」喬亞半蹲在地上，感到有些暈眩。

屍邪鬼冷然說：「但你比我傷得更重，而且只要再過片刻，我就會復原。」

「可惜你等不及。」喬亞說完，屍邪鬼看見幾團黑煙不知道從哪兒飛了回來，潛進喬亞的身體。

喬亞自胸口拔出黑龍劍，朝天一擲，唸起咒語。

「老朋友，我沒法跟你並肩作戰了！」

黑龍劍在半空慢慢演化，劍首變成龍頭，劍身伸出四肢和巨翼，不消一刻，就化身成一頭巨大的龍。黑龍兩腳落在地上，震動得連屍邪鬼也感到地動山搖。

黑龍張開巨口，朝天咆哮。這叫聲，絕對不比人狼王弱。

屍邪鬼顯然沒有想過喬亞還收藏著這麼一頭聖獸，滿臉疑惑，不過他很快就鎮定下來。只要對手是動物，越強的東西越有利於他，他只會吃得更飽。

他張開雙手，嘴角朝天，完全沒有半分怯意。

黑龍瞪著屍邪鬼，眼神滿是怒意。

屍邪鬼冷笑說：「讓你成為我身體的一部分吧！」凜然一跳，躍至黑龍的頭上。

黑龍不料他的身手如此敏捷，到牠有反應的時候，他已經騎在牠的背上，他舉起右手，朝著黑龍的身上插過去。

黑龍皮膚裂開，屍邪鬼滿以為有黑色的生命能量滲出的時候，黑龍的身上竟然沒有半點反應，甚至連血水也沒有。

黑龍擺擺身體，把屍邪鬼拋到地上。屍邪鬼落地即起，看著躺在地上的喬亞，一臉不解。據他所知，整個世上只有老大、老二不是動物，才不怕被他吸食。這頭黑龍究竟是什麼一回事。而且自他有意識開始，就從來沒有見過這種動物。

——難道牠是從地獄回來的靈魂嗎？

——不，說到從地獄回來，人類不是覺得他更像從地獄回來，才把他的名字改成納西斯嗎？

屍邪鬼頓時想起他第一次聽到納西斯這名字時的情景，那是很久遠的事，在一個密封的房間，一個穿著白袍的巫師跟他說：「納西斯就是你的名字，他是曾經存在過這世上的王，傳說他死後吃了回魂草，化成殭屍。你要繼承這個名字，要活上千萬年。」

——千萬年麼？老子是不死身，活多少萬年也可以吧！

屍邪鬼臉色一沉，記起曾經聽人類説過動物在臨終前，會想起過去的種種，此刻他不就正是這樣子嗎？

——怎會想起這些事情，真邪門，我才不相信你們人類的謊言，先消滅你這頭異獸，才慢慢吸食那人類。

屍邪鬼口中的異獸當然不會讓他如此輕易得逞，只見黑龍扭動身體，回身找到他後，猛然揮來一爪。

這攻勢的威力不比人狼王任何一爪弱，屍邪鬼不敢怠慢，往後跳開。他呼了口氣，幸好現在是晚上，自己的康復速度和行動能力是數倍於白天。若換了是白天，說不定已成為爪下亡魂，要吸食大量生命能量才可以康復。

——這頭異獸雖然巨大，但反應有點遲緩，速度亦不快，力度縱猛，沒法打中我，又有何用呢？

屍邪鬼謀定策略，決定再次以快制慢。

不過，黑龍卻在這時搖搖巨翼，慢慢地升離地面。牠沒有高飛，只是不斷拍翼，一下兩下，越拍越快，漸漸生起風來。屍邪鬼愕然之際，風勢越來越大，竟然差點把他吹倒。他想往旁跳開，卻發現只要不用兩腳站在地上，就會一下子被吹遠。他心底一寒，自己速度上的優勢竟然一下子就被抵消了。

屍邪鬼大叫：「你不是人類的寵物，應該像我一樣，活得逍遙自在，來吧，我已經擊倒那人類，你已經自由了，可以逃離那人類。」

他的聲音夾著風聲，變得十分怪異，也不知道黑龍聽不聽到，又或明不明白。

黑龍沒有理會他，只是繼續拍動雙翼。風勢越來越大，屍邪鬼已經無法站穩，索性乘著風勢，往後一跳。

黑龍卻比屍邪鬼更快，他的雙腳才離開地面，黑龍已經飛至他的身前。

形勢全然倒過來，黑龍充分展現了牠的威力，不斷揮舞兩爪，打得屍邪鬼沒有半分反擊的機會。

屍邪鬼咬咬牙，也不再保留，貼近黑龍的身體，狠狠地揮拳。

黑龍中拳後，動作稍稍遲緩，竟然沒法反擊。牠的個子本來就相當巨大，被屍邪鬼貼近身子，巨大的身軀反而一下子失去了優勢。

屍邪鬼見狀，乘時又打出一拳。

形勢又反了過來，本來佔上風的黑龍當下變成了拳靶，中拳之聲不絕。

黑龍悶哼一聲，右腳飛起，踢向屍邪鬼。

屍邪鬼左掌按著黑龍的右腳，順勢飛起，右拳揮往黑龍的左眼打去。

黑龍慘叫一聲，痛得不斷扭動身軀，神情極端痛苦。

——大塊頭，原來你只是虛有其表。

屍邪鬼當然不會知道，沒有與喬亞同步，黑龍也只不過是一頭會飛的「黑熊」，除了巨大點、力量猛點外，就沒有其他能耐。黑龍雖然對很多動物都佔有優勢，但屍邪鬼是「八大惡」的老四，顯然不是他的對手。

屍邪鬼卻沒有因此大意，他不像人狼王般以玩弄對手為樂，他做的所有事都只有一個目的，就是不斷強化自己，除去自己唯一的弱點。

——吸食了那人類，我會變得有多強呢？只要沒有了那個弱點，老大也不是我的對手。

屍邪鬼眼波掃視著四周，竟然看不見喬亞的蹤影，他本來伏下的地方，空空一片。

——他到底去了哪兒？

屍邪鬼錯愕之際，黑龍飛了上半空，再朝著他的頭顱撞過去。

第十八章 人狼與人魚

真由的皮膚慢慢綻開，
一塊又一塊閃亮的東西漸漸長了出來，
細心一看，竟然是一塊又一塊魚鱗。
而且她的雙腳還緩緩地像花般綻開，
漸漸有了魚尾的形狀。

狼聲越來越大，溫妮雅越發感到不妙。

人狼王應該是被真魚兩姐妹追趕著，不大敢現身。但現在明擺著嚎叫，顯然只有一個答案——就是他不介意被人知道他的位置。

這分明是誘敵。

不過縱使知道是誘敵，她也要前往。不論是怎樣的情況，也不可以讓他見到喬亞。

如果人狼王是誘敵的話，她就反過來引誘他離開。

越來越接近狼聲了，她摒除一切雜念，慢慢潛入草叢。她隨手在地上拾起石子，沒有劍可用，就用最原始的武器。

突然，她聽到一陣急速的呼吸聲在身旁響起，嚇得她差點兒大叫。她低頭一望，看見一對沒有神采的深綠色眼睛盯著自己。

「你怎麼了？」

溫妮雅相當震驚，眼前這人一頭紅色短髮，竟然是下午還威風八面的紅髮姐姐。她靠著一棵大樹坐下來，臉色死灰，而且渾身鮮血，特別是下半身，更是血跡斑斑，所受的傷一點也不輕。

「你快點離開……」

仍是頗倔強的語氣！

溫妮雅禁不住環視四周，隱隱約約在草堆中發現一頭灰狼的屍體。

「我的『活水』只能把血腥味稍稍隱藏，你快點離開……」

——難怪血腥味這麼淡！活水？應該是她國家對「精靈法則」的稱呼吧！

溫妮雅不理會她的想法和抗議，翻動她的身體，檢視她的傷勢。爪痕分布在她的雙腿和背部，雙腿的爪痕比較細，似是普通灰狼造成的。不過她背部的爪痕卻深得差點見骨，溫妮雅立時想起屍邪鬼身上的爪痕。

「你滾開！」

溫妮雅端著下巴，已隱約猜到發生什麼事，她們兩姐妹在追趕人狼王時，誤墮進陷阱，反被他突襲，姐姐不慎背部中爪，失去戰鬥力，被迫退下戰線。人狼王派出灰狼追擊她，她騰出最後的力量應付，雖然擊殺了灰狼，但已傷重得沒法再走路。

「你……」

「你不要動，我先替你治療傷口。」

「我已經止了血，只要休息一陣子，我就可以行動自如。」

溫妮雅心下冷笑，暗想這種傷勢至少要休養三天才勉強可以行動，休息一陣子就恢復過來，她的性情看來比喬亞更倔強。溫妮雅心知必須用其他方法令她放下戒心，就問：「真魚呢？」

果然，短髮女子口氣鬆了下來：「如果我們在一起，就不會被雷克蘭有機可乘……你快點離開，不要說那傢伙，連那些灰狼你也未必應付得來。」

又是這種瞧不起人的語氣，溫妮雅聽著心裡就有氣，真想轉身一走了之，不過她還是咬咬牙：「但有些事是我才做得來。」

溫妮雅用毛巾抹走她身上的血，毛巾瞬間染成了紅色。

「你想做什麼？」

溫妮雅神情凝重地說：「我可以引開那些灰狼。」

短髮女子氣忿地說：「不自量力。」

溫妮雅沒有再理會她，逕自站了起來。

「等一會兒。」短髮女子停了一會兒，才說，「我叫真由，你叫什麼名字？」

「溫妮雅。」

「原來是聖潔。」真由見溫妮雅稍稍愕然，就解釋說，「這是你名字的意思。」

溫妮雅一臉訝異，這還是她首次知道自己名字的意思，不過都到了這個關頭，知道自己名字的意思又有什麼作用。

「等一會兒……」真由欲言又止。

溫妮雅瞪大眼睛，露出詢問之色。

真由遲疑了一會兒，才說：「你背起我，帶我到河邊……只要到了有水的地方，就沒有誰可以對付我。」

溫妮雅心想她一向如此高傲，竟肯低聲請求，心裡的氣早消了大半。不過這也是好辦法，一來她不忍心放下她逃去，二來她的「精靈法則」如此高明，到了河邊應該可以好好發揮，說不定能夠扭轉形勢。

真由見溫妮雅沒有說話，以為她不相信自己，就說：「在水中，我會很快康復過來。只要我有足夠體力，就可以運用『活水』。」

狼嚎越來越接近，現在不是解釋的時候。

溫妮雅爽快地轉身把真由背起，臉上登時露出莫明其妙的神色。

——很輕！

中午才背過喬亞的溫妮雅，禁不住比較真由與喬亞的重量。真由身體雖然慓悍，身為女子，當然比堂堂男子的喬亞輕，但她的輕似乎不大合常理。

不過現在不是深究的時候，她背著真由，往阿髮河走去。

真由突然說：「等一會兒。」

「什麼事？」

「戴上我左手的手鐲。」

溫妮雅早看到她的手鐲，但這個時候戴上它有什麼作用呢？

「戴上它，你就可以使用『水之術』。」真由說。

——「水之術」？是她們口中的「活水」嗎？這是她國家「水之精靈法則」的別名嗎？

——真荒謬，我練了這麼多年也掌握不來的「水之精靈法則」，竟然通過這小小的道具就能使出？為什麼還要苦練呢？

溫妮雅深深吸了口氣，暗想這不是沮喪的時候，她應該向喬亞學習，到了這個關頭，只有硬著頭皮撐下去。如果這手鐲真的能夠讓自己使用「精靈法則」的話，放下真由後，就立即去支援喬亞。縱使不能對付屍邪鬼，也要引開人狼王。

她戴上手鐲，唸起了術語，可是竟然跟以往一樣，水之精靈對她的召喚完全沒有反應。

「是否有特別的術語呢？」溫妮雅問。

但是，真由卻沒有反應，她伏在溫妮雅的背上，竟然沉沉地睡著了。

溫妮雅感到有點生氣，怎麼到了重要關頭，他們都只懂得睡呢？

不過，她同時感到安慰，就是自己不是全然沒有作為，至少她現在正在帶傷兵離場。

溫妮雅背著真由，口中唸唸有詞，她雖然不能召喚水之精靈，不過尚算知道他們的位置，他們聚集的地方不是湖泊，就是河流。

為了避開灰狼的追襲，她盡量選小路逃去。幸好明月高掛，前方的路尚算清晰，偶

有草堆，她也二話不説就走過去。她感到臉上有陣涼意，是被樹枝刮傷吧，但情勢危急，她完全沒空理會傷勢。

突然她聽到背後傳來奇怪的聲音，似有人追趕她們，她稍稍回頭，一道黑影從後方追過來，竟然是一頭大灰狼。這灰狼身形龐大，竟然與人狼王的身型相若，幸好她們正身處密林之中，密密麻麻的大樹限制了牠的速度，才不至於被追上。

她吸了口氣：「緊緊摟著我。」也不理會真由是否聽到，就全速往前跑。

可是她才走了一會兒，右腳踏空，竟然帶著真由一起往山下滾去。

「小妹妹，哪裡逃呢？」

大灰狼張口説話，竟然是人狼王的聲音。

他飛身躍起，張開四肢，狠狠地踏向她。

她往旁滾開，但速度完全比不上人狼王，他的前肢剛好踏在她的胸上，壓得她差點呼吸不來。

「那個會發放生命能量的人類呢？」人狼王問，「他逃去哪兒了？」

「他消滅了屍邪鬼後，就會來找你。」

「什麼？老四來了？真可惡，人類怎會是老四的對手，白便宜了他。」人狼王怒意大盛，腳上使力。溫妮雅覺得胸口很痛，似乎有些骨裂吧！

「你不去幫他？」

「那反口的傢伙，我恨不得殺死他。」

「我是指人類……」溫妮雅差點透不過氣。

「人類？我為什麼要幫助他？」人狼王狠狠地說，「是你們祖先發明了我，我恨不得將你們統統殺掉。」

發明？

溫妮雅本想聽下去，但感到有些暈眩，意識漸漸變得迷糊。

她隱隱約約聽到陣陣水聲，可是已經張不開眼睛。

——真由，對不起，帶不到你到河邊。

——不，真由好像不在我的背上，剛剛滾下山坡時……

「你睡夠了沒有。」

竟然是真由的聲音。

不過最奇怪的是，人狼王竟然鬆開了前肢。

她勉強睜開眼睛，瞟到真由竟然站在一個小水池中。

「你還不走，難道忘記了我在水中是無敵嗎？」真由中氣十足地說，看來她說回到水裡，就能恢復過來此話不虛。

「真的嗎？你腳下只是個小水窪，沒有你妹妹幫助，你什麼都不是，否則你也不會如此狼狽。落單的話，你們在我眼中只不過是會說話的魚兒吧！」人狼王冷然一笑，「你妹妹真美味。不知道你的味道如何呢？」

「美味？」真由臉色一沉。

「否則她怎會不跟你在一起呢？」人狼王舔了舔嘴巴，一副得意洋洋的樣子。

「真可惡！」真由高舉雙手，池中水登時升起一個圓盤子，把她抬得高高。細看之下，那不是圓盤子，而是水做的盾牌。她居高臨下，怒目瞪視著人狼王。

人狼王右前足抓了抓地，冷笑說：「如果你真是無敵的話，不是早已攻過來嗎？而且也不用刻意把自己升高吧！別裝作忿怒了，出招吧！」

真由暗抽了一口涼氣，雷克蘭果然眼利，一眼就看穿了她的底蘊。雖然已經回到水裡，但這裡的水實在太少，根本不能為她取回優勢。不過現在示弱的話，不單自己難逃一劫，連溫妮雅也不能保命。

她的自尊可以容許她失敗，但不能讓無辜者受到傷害。她咬咬牙，眉頭一皺，「圓盤子」化成利箭，載著她往人狼王飛去。

「垂死掙扎！」

人狼王猛然跳起，迎上了真由。

真由鬆開眉頭，「利箭」向下一沉，帶著她飛向溫妮雅。

溫妮雅迷迷糊糊，尚未了解到是什麼一回事，已被真由摟著。

「利箭」立時化成彩帶子，在真由控制之下，穿梭在樹木之間。

人狼王撲了個空，翻身望去，恨意叢生，他的身體向來強壯，化身成巨狼之後，速度絕不比夜間的屍邪鬼慢，但他怎快，也快不過流水。他跑到一個小山崗上，瞪起雙眼，仰天長嘯。接著四處都響起了狼嚎，似是和應他。

真由聽到動物此起彼落的叫聲，臉色一沉，雷克蘭之所以能夠在「八大惡」排行第三，除了右手的利爪之外，全因他能夠跟狼群溝通。屍邪鬼雖然能吸食生命能量，但不夠他揮動利爪快，以及有前仆後繼的同伴。

狼嚎此起彼落，真由根本數算不到有多少頭狼，更加沒法得知牠們所在的位置。為今之計，只有逃跑。

真由心念一動，「彩帶」去勢更快，不消一刻她的眼前已經是深黑色的河水。

——快到了！

突然一頭灰狼從旁撲出來，把真由和溫妮雅撲到地上。真由驚懼，「彩帶」化成一個槌子，把灰狼敲得遠遠後，又再變回帶子形狀。這次「帶子」卻是把她們捲著，拖行去河邊。

真由眼皮微微闔上，盡最後努力控制「活水」。

——一定要比牠們更快到河裡……

真由才失去意識，冰涼的河水就把溫妮雅喚醒過來。

溫妮雅本以為自己昏迷後，會被人狼王分屍。怎料一醒來，竟然被如墨色的河水包圍著。

她想游上水面，怎料放眼一看，竟然發現真由的身體起了極大的變化。真由的皮膚慢慢綻開，一塊又一塊閃亮的東西漸漸長了出來，細心一看，竟然是一塊又一塊魚鱗。

而且她的雙腳還緩緩地像花般綻開，漸漸有了魚尾的形狀。

——魚尾？人魚？

溫妮雅立時想起一節童謠：

「在藍色的海洋裡

你的紅髮是多麼的耀眼

每一次擺尾

就捲起一道巨浪

經過的船隻

只能垂下旗幟

靜靜地等待你的歌聲

引領他們穿過

暴風雨下的狂潮」

——原來真有這種紅頭髮的人魚！

「你快點帶我游走，雷克蘭很快會追到我們。」

——我帶你游走？

溫妮雅還沒有弄清楚是什麼一回事，真由竟然又昏倒過去，往河底沉下去。真由的左腹似乎裂開了，有些血水滲了出來。形勢緊迫，無奈下她只好往下潛，追著真由的身子。她的水性不高，本以為游得很費勁，怎料只是一抓水，竟然已經游到真由的身旁。

「你怎麼了？」

溫妮雅說完，頓覺得奇怪，她不但游泳技術進步了，而且可以在水中說話。

這到底是什麼一回事？

她不自覺地看了看手鐲，已隱隱約約猜到所謂「水之術」不是「精靈法則」，而是把她變成人魚。她立時低頭看看雙腳，幸好仍然是人類的雙足。她暗罵了自己一句愚蠢，在如此危急的形勢下，竟然還去想自己的雙腳存不存在。

她摟著真由，暗想現在的情況，應該做什麼才好，想著又不自覺胡思亂想起來。

——原來她是人魚，難怪她視我們是異類，也難怪人狼王說她落單的話，只是一條會說話的魚。

——人狼與人魚，這組合真奇妙，莫非她也是「八大惡」之一？

——真魚也是人魚嗎？

——她的「活水」應該跟「精靈法則」有點不同，是什麼技法來呢？

——不，現在不要想這麼多，先找個地方讓她休息。

溫妮雅輕擺腰肢，毫不費勁就游到河面。她正要帶真由回到岸邊，放眼一看，竟然發現岸後的森林藏著一對又一對發光的眼睛。至少有十對，其中有一對更是斗大得驚人，不用瞎猜已知道是人狼王與他的狼群。

——只好游回美湖村，不，人狼王如此凶殘，說不定會加害村民。

——哥哥他們離開了阿葉克那城嗎？

——還是不要想這麼多，脫險後再謀對策。

——喬亞，你要等我！我放下真由就會回來找你！

第十九章　犧牲

溫妮雅錯愕地看著他手上的劍，沒法不去壞處想。

沒錯，他手上拿著的就是喬亞的佩劍——黑龍劍。

如果不是在逃命的話，溫妮雅定會好好享受在水中暢泳的機會，完全不需要換氣，只需要擺動腰肢，就可自由暢泳，是多麼讓人嚮往的事啊！

——這手鐲真神奇，是何種「法術勢」呢？

——或許可以運用這技法把人狼王或屍邪鬼拖到水中，把他們淹死，但我的力量不能鎖著他們。喬亞也未必有這種力量，如果是端芮……

——不，要專心點，不要胡思亂想。

溫妮雅定定神，再次游出水面，竟然發現兩岸滿是發亮的眼睛，不得不又潛回水中。那些眼睛如影隨形，每次溫妮雅露出水面，總會看見它們。她只好一次又一次游回水裡。

——要怎樣才可以擺脫牠們呢？

其實她不大知道，除了第一次看到的十多雙眼睛外，其餘的都是普通的動物，平日她根本看不見牠們，不過「水之術」提升了她的五感，才被她看得見。此刻的她無異是驚弓之鳥，輕微的事也會讓她吃不消。

終於天亮了，她再看不見「眼睛」，就帶著真由登岸。

她把真由放在大石上，茫然地站著，竟然不知道下一步要怎樣做才好。

——我們真的擺脫了人狼王和他的同伴嗎？

——現在應該離喬亞很遠，他沒事吧？

溫妮雅忽然感到一陣寒意，才想起自己渾身濕透。這感覺真的很不可思議，剛剛在水中，被河水包圍，只感到清涼，不覺得寒冷，現在身處陸上，一陣輕風也吹得她心寒。

她在腰間拿出打火石，弄乾之後，折下幾枝枯枝，起了個火堆。她猜到人狼王早晚會發現她們，因此把火堆建在河邊，方便她們逃入水中。

真由的尾巴在日光下十分搶眼，溫妮雅忍不住摸了一下。那是多麼真實，多麼有質感的魚尾。

溫熱讓真由倍感舒服，不消一刻就醒了過來。

真由掃視四周，定定神，說：「休息過後，我們一起游回水都。」

「水都是人魚居住的地方？我怎麼沒有聽過這個名字呢？」溫妮雅問。

「這是我們人魚的秘密之都，順著河流，穿過幾個湖，一直往前游，從河流游到大海，在大海的深處，就是我們居住的地方。」真由說完，兩手握拳，尾巴漸漸縮回裙內，變成兩條人腿。而她臉上的鱗片也漸次消失，露出人類的皮膚。

溫妮雅雖然早知道她能變回人類，但眼睜睜看著，還是難掩興奮的心情。看見傳說中的人魚固然興奮，但最讓她難以置信的是真由昨天還在防範她，今天不單坦誠相告，還在她眼前變成人類。

真由站了起來，凝重地說：「雷克蘭染有狼的習性，喜歡玩弄獵物，不會放過你。他記得你的氣味，在陸地上你是無處可逃的。」

溫妮雅當然明白真由的擔心，不過若要到水都的話，意味著她跟喬亞會越隔越遠，而且哥哥他們應該還不知道另有其他「八大惡」在這裡。而且這一來一回，不就會錯過了跟端芮的約定，他如果因此不再信任人類，要找到吸血魔就要花更多功夫。

真由不知道溫妮雅想了這麼多事，她只管重申自己的意見：「人類是沒有辦法對付雷克蘭。」

——又是這句話。

溫妮雅微微生氣，說：「不見得。我們也曾對付過其他『八大惡』。」

「『八大惡』？」真由眉頭緊皺，碧綠色的睛眼變得稍稍混濁，顯然有點兒盛怒。

「沒錯，一個被吸血魔改造的魔鬼，以及屍邪鬼……」溫妮雅簡單地交代這幾天發生的事。

真由眉頭皺得頗緊，輕聲說：「原來這三個傢伙都在這王國，你們沒有遇上其他人魚嗎？」

「我們沒有遇上人魚。」溫妮雅續問，「你認識吸血魔他們？」

真由狠狠地說：「當然認識他們，你口中的吸血魔會把人類變成同伴；屍邪鬼能夠吸食生命能量。如果他們都在這王都，我的夥伴應該也在附近，為什麼你沒有遇上他們。看來，他們也遇險了。我們必須回水都。」

「為什麼？我們不能讓他們為所為欲。」

「正因如此，我們要回去請援軍，如果連這兩傢伙都在這裡，單憑我一個是沒法對付他們的，如果妹妹都在的話，逐個擊破，或許還有點勝算。」

「真魚她沒事嗎？」

「我當初也差點被雷克蘭騙倒，以他的性格，如果他殺害了妹妹的話，一定拿她的屍體或她身上任何物件來跟我耀武揚威。」真由冷靜地說。

「但她為什麼沒有出現呢？」

「或許她跟我一樣受了傷。」真由突然語氣一變，一臉忿恨，說，「如果她真的被殺的話，我更加要回水都，衝動是沒法對付雷克蘭。」

「你們為什麼要追捕『八大惡』？」

真由冷眼地瞪著溫妮雅，說：「別再說什麼『八大惡』，你們人類就是喜歡把非我族類視為妖物。若非我族犧牲了，你們人類根本過不上好日子。」

溫妮雅暗感錯愕，她根本無意冒犯真由和人魚族，除非……

「小妹妹，你難道不知道她是老五的後代嗎？」

真由聽到來者的話，立即大叫：「快逃入水裡。」

溫妮雅大愕，正想轉身奔進河內，一道黑影已經攔在她們的面前。她已經非常小心，不遠離河邊，但怎料也是被來者擋著去路。

以她們傷疲之軀，遇上人狼王固然是凶多吉少，但眼前人卻令溫妮雅更叫驚懼。

「是你！」真由咬牙說。

「真由小妹妹，真是狼狽，看來離開水都後，你的實力大減，才被老三有機可乘。」

來人衣衫襤褸，右手拿著一把黑色的劍。他渾身散發出一種腐屍的氣味，不是「八大惡」之老四屍邪鬼納西斯又會是誰呢？

溫妮雅錯愕地看著他手上的劍，沒法不去壞處想。沒錯，他手上拿著的就是喬亞的佩劍——黑龍劍。

——劍為什麼會在他的手裡？

——難道喬亞沒法召喚黑龍，抑或召喚後仍戰敗嗎？

無論是哪個答案，溫妮雅都無法止住身上的顫抖。

屍邪鬼擋在她倆的身前，不讓她們走到河裡。

「你不是一樣被雷克蘭抓傷嗎？」真由譏笑說。

「只要最後成功就可以了。你那乖巧的妹子在哪兒呢？」屍邪鬼臉上卻堆起詭異的笑容。

真由冷笑說：「還以為你什麼也不怕。」

屍邪鬼說：「我就是怕了你們人魚族，因此我不能放過你們。」

真由深深吸了口氣，暗想他雖然排名在雷克蘭之後，但一點也不容易對付，至少他願意承認自己的弱點。

真由自幼就明白一個道理，勇敢的生物不是什麼都不怕，而是肯承認自己害怕的地方、弱點，這種生物才最難應付。

——放過你們？

真由臉色突然一沉，納西斯以生命能量為食糧，根本不會把任何人類放在眼內，而且他剛剛還提到真魚，他怎會知道真魚跟自己在一起？他這麼一說，難道「你們」是指她自己和……

「你見過真魚嗎？」真由咬牙地說。

屍邪鬼從容地說：「你不想跟那乖巧的妹子同樣下場，就該交這個小妹妹給我，我可以放你回水都。」

「什麼？真魚怎樣了？」真由渾身顫抖，震驚程度不下於溫妮雅。

「我也不知道，一劍一個。」屍邪鬼瞟了瞟黑龍劍，似乎示意真魚已經成為劍下亡魂。

真由深深吸了口氣，壓下內心的忿怒。納西斯在這方面就是最討厭，行事卑鄙，答話總是轉彎抹角。真由同時升起了疑惑，雷克蘭不是說已殺了真魚麼，怎麼她又會遇到這卑鄙的傢伙。他們兩個之間，一定有誰在說謊。

——但無論是誰說謊，妹妹恐怕不比自己好多少。

「一劍一個？他……喬亞在哪裡？」溫妮雅顫聲地問。

屍邪鬼翻起了一個令人不寒而慄的笑容，一邊邁步走向她倆，一邊說：「他嘛？想知道就跟著我吧！」

他完全不放她們在眼內，從容地在她們之間穿了過去。

也確實只能讓他自大，一條受傷的人魚，一個被他視為食糧的人類，縱然她倆使盡全力，也非他的對手。

真由向溫妮雅搖搖頭，示意對方不要衝動。

溫妮雅詐作看不見，回身跟著屍邪鬼。

真由吞了口氣，納西斯與溫妮雅，不過是獵人與獵物的關係，弱肉強食，誰見過食物可以反抗食客呢？

「對不起。」溫妮雅黯然說。

「你忘記了真魚嗎？」真由突然朗聲說。

溫妮雅渾身一震，立時明白真由的意思，真由不是說過倘若真魚真的犧牲了，她就更應該回到水都麼。報仇是需要，但必須認清楚自己的實力，不平白送命。

現在情況看來，喬亞非死即傷，屍邪鬼需要自己跟隨他，只有兩個原因，不是想吸食自己的生命能量，就是用她來威脅喬亞。

無論是哪一種情況，自己都應該保命，縱使去不到水都，也要通知師父、哥哥。克遜王子也定必義無反顧地去尋找喬亞。

溫妮雅吞了一口涎沫，迅速跑向真由。

屍邪鬼像早知道她有此一著，身影化開又整合，擋在她和真由之間。他揮劍斬向真由，在他眼中，真由固然要死，但溫妮雅卻是他最想活捉的。

——人類這種生物竟然在自己不在的日子，進化成如此美味的食品，實在太不可思議。

真由見黑龍劍斬來，熟悉的感覺油然而生，不過她不記得曾經在水都見過這柄劍！

——討厭！

真由嬌呼一聲，騰出最後的氣力，往旁滾開去。

溫妮雅飛身而起，雙手握拳，向著屍邪鬼的頭頂拍過去。

屍邪鬼身手本在溫妮雅之上，身形一展，已然在溫妮雅背後，迅速地以左手扣著她的喉頭。

溫妮雅頓時感到呼吸困難，氣喘地吞出幾個字：「你快點離開……」

真由大愕，她一直叮囑溫妮雅逃走，怎料到情況竟然逆轉。她臉色一沉，自尊不容許她受這個恩惠，咬咬牙，反而沒有逃去。

她緊握拳頭，右臂青筋暴現。

每條人魚都有一種稱為「活水」的能力，而她的能力就是把水變成不同武器和防具，這幾天她已經變過利箭、盾牌、彩帶、繩子……

至於變出來的武器數量和威力，就要視乎她的精神狀態。現在她拖著傷疲之身，能

夠變出武器已經很好了。

真由攤開右手，河中飛來一柄水劍。

「聖潔妹妹，對不起！」

真由握劍向著溫妮雅刺過去，她的背後正是屍邪鬼。

——又是這一招！我怎會再被你們一劍兩洞呢？

屍邪鬼頓時想起被喬亞刺傷的片段，心知不妙，正想退開，卻反過來被溫妮雅以雙手緊纏著他的左臂，動彈不得。

「你們人類統統不要命嗎？」

屍邪鬼扭動右手，黑龍劍劍鋒抵著溫妮雅的頸項。

真由大駭，「活水」立時化成鞭子，往黑龍劍捲過去。

但顯然水鞭子稍為慢了點，來不及捲住黑龍劍。

眼看溫妮雅刎頸之際，屍邪鬼的手卻在半空停住了。他手上的黑龍劍似乎有生命般，拚命地阻擋他割下去。

——是什麼一回事？

真由定睛看去，只見溫妮雅口中唸唸有詞，右手戟指成劍，點著黑龍劍的劍柄。

——是她的能耐嗎？

「你的臉！」真由大叫一聲。

溫妮雅頓時明白過來，頭顱一偏，露出了屍邪鬼那張恐怖的臉。

真由的水鞭立時化成利箭，朝著屍邪鬼的臉射過去。

屍邪鬼中箭後，往後跌倒，雙手鬆了下來，黑龍劍往地上跌下去，溫妮雅也乘時往旁閃開。

真由連忙抄住黑龍劍，往前急刺。

屍邪鬼應該慨嘆自己走了霉運，一天之內竟然被黑龍劍刺穿兩次。黑龍劍從他胸前穿入，刺穿背部，黑漆漆的劍在白天時顯得非常突兀。

真由拔出黑龍劍，想乘勝追擊，但顯然她已經筋疲力盡，雙腿一軟，仆在地上。

「你們真可惡！」

屍邪鬼翻翻泥土，放在傷口上，然後揚揚手，竟然像毫無損傷般揮掌打向真由。

真由雖有神兵在手，但已經無力再揮劍。

屍邪鬼殺得性起，兩眼黃光閃動，左掌打中真由，右手搶過她的劍，反向真由身上刺過去。

「不要！」

溫妮雅大叫，從懷中端出石子，急射往屍邪鬼，但始終遲了一步。

石子擦過屍邪鬼的右臉，現出一道不流血的疤痕。但黑龍劍貫穿了真由的身體，她用盡最後的力量往前一推，連著劍往後翻滾。

屍邪鬼卻沒有追擊，只是用手按著右臉。溫妮雅赫然發現他的額角被剛才的水箭和石子射破了，陷了進去。

這時候，幾陣狼嚎自遠處傳來，屍邪鬼皺皺眉，本想逃走，但眼看大局已定，只欠吸食溫妮雅的生命能量。

看著同伴受了如此重傷，溫妮雅的精神已近崩潰，全然沒有將屍邪鬼這大威脅放在心上。

幸好，這個時候，一道黑影撲了出來，擋在溫妮雅的面前。

她勉強抬頭看了看，看見一身披著黑色斗篷的傢伙。

——端芮！

溫妮雅難以置信地看著端芮的背影，這個吸血魔創造出來的二代，竟然在危急關頭保護了她。

「你快走！」端芮近乎吶喊地說。

「真幸運，竟然被我遇上老大的僕人。」屍邪鬼說，「來吧，就讓你看看我苦練千年的絕招。」

溫妮雅聽完，已想像到最壞的情況，端芮不但無法對付屍邪鬼，還成為對方的食糧。

不過更嚇人的尚在後頭，溫妮雅竟然發現真由的身體冒出黑煙，身子慢慢地淡化。她頓時記起人魚童謠的最後一節：

「是永恆

也將歸於永恆

紅髮、碧眼與歌聲

將化成泡沫

融入海中」

——難道這就是人魚死亡的情況，不是化作泡沫，而是黑煙嗎？

「帶著手鐲，到水都，告知族長一切……說真由先到永恆之地……要救真魚。」

屍邪鬼已經與端芮打上了，兩人的打鬥聲把真由的聲音蓋著，還越來越細，不，不是四周太吵，而是真由的聲音越來越微弱，最後溫妮雅根本分不清她在說話，還是在呼吸。溫妮雅只隱隱約約感到聲音有點高低，似乎是歌聲，但她已經不能分辨。

「不要這樣子……」隨著溫妮雅的吶喊，真由整個身體化成了黑煙。

溫妮雅淚流滿面，為著這個只見過兩次的「外人」流淚。

生命原來如此不堪一擊，彈指即逝。她來不及消化喬亞的下落不明，現在就要接受另一位同伴的犧牲。

溫妮雅想抓著黑煙，卻抓了個空，黑煙從她的指縫流逝。

她沒法再忍耐下去，傷心得跪了在地上，兩行眼淚像水簾完全掩蓋了她的視線，模糊得再看不清任何事物。

她抹掉眼淚，拾起黑龍劍，往屍邪鬼撲過去。

「你們這些螻蟻，別欺人太甚。」屍邪鬼按著臉，完全不把溫妮雅的攻勢放在眼內。

溫妮雅正覺得奇怪之際，一個拳頭打了在溫妮雅的身上。

她驚訝地看著拳頭的主人，問：「為什麼？」

端芮目露黃光，顫聲說：「我控制不到……自己。」

屍邪鬼冷笑著：「我終於成功了，老大、老三，我不怕你們了。」

端芮大叫：「你快點走！」雙手一揚，抱起溫妮雅，往河面擲去。

「看來我要加重一點。」屍邪鬼臉色一沉。

「你休想！」端芮回身撲向屍邪鬼。

溫妮雅整個人跌在河中，也同時明白剛才發生了什麼事，屍邪鬼應該施展了某種「術」，控制了端芮。

她想游回岸上，可是身體似乎已然透支，發不上力，任由河水的衝擊。

岸上打鬥聲不絕，四周狼嚎此起彼伏，都好像與她無關。

第二十章　奇幻的水

她有種感覺，自己本身就是一條魚，
是江河湖泊海洋的一部分，
反而在王都的種種才是虛假的。

溫妮雅曾經看過一篇文章，説一個人悲傷地在雨中狂奔，分不清臉上流的是淚水，還是雨水，當下她也分不清，臉上流的是淚水，還是河水。

她應該在飲泣，但河水沖淡了淚水的鹽分，混和著河水，已經分不清是什麼味道。

屍邪鬼的突襲、真由的犧牲、端芮的出現、人狼王的狼嚎，加上自己的透支，她的身心都已經到了臨界點，她本來有很多想法，但現在的她只得「隨波逐浪」。

「去水都」這三個字慢慢佔據了她的思緒，但是沒有了真由帶路，茫茫水裡，不要説水都在哪兒，連方向溫妮雅也分不清楚。

自出生以來，她只去過幾次東海，還只是近岸。她坐過幾次船，最遠一次是去外海的小島。在差不多登岸的時候，她看見小島後是廣闊無邊的汪洋，天接海，海接天，茫茫看不見盡頭，她忍不住問：「海洋的後面是什麼呢？」

船長放下眺望鏡，說：「我也不知道，或許是個更大的王國，但沒有船可以前往那兒，所有離開國土的船，航行十幾天後，最終也只會回到國土。我們就像受到咒詛，永遠去不到更遠的地方。」

「沒有可能吧！」夏格搶著說。

「這是連師父也沒法參透的謎題。」艾瑟答。

溫妮雅看了夏格一眼，露出狡猾的笑容。

艾瑟臉色一沉，說：「不可以。」

溫妮雅弄了弄小辮子，吐吐舌頭，說：「知道了。」

飯後，夏格悄悄來找她，說：「入夜後，我們去偷一隻船。」

「好的，就讓我們去破解這千年之謎。」溫妮雅甜甜地笑著。

夏格覺得她的俏臉很好看，很想去觸碰它，但他沒有伸手，對著任何敵人，他都可以勇往直前地衝過去，但對著眼前的她，他遲疑。他一直都怕，一伸手，眼前的臉就會破滅、遠去。他的幻體術可以把自己變得極高大，但就是沒法把心同樣地變得強大。

「我去留張便條給哥哥，說我們已先一步回王都。」

溫妮雅的話及時止住夏格的胡思亂想，夏格立即回應：「好主意。」

可是，當他們來到碼頭的時候，艾瑟卻已經先一步抵達，說：「我們就一起去吧！」

「對不起，是我的主意，你不要責罵師妹……」夏格反而膽怯了。

溫妮雅搶著說：「不，是我的自作主張。」

艾瑟說：「還以為你們不明白，辦完事還得跟比尤姫會合。」

夏格和溫妮雅只好低頭不語。待艾瑟走遠，夏格偷偷跟她說：「我們日後一定要再出海探險。」

「沒錯，一言為定。」

溫妮雅不知道為什麼會想起這段往事，但她仍然記得與夏格擊掌為誓的情景。

——他的手掌很細，很細，一點也不像男人的手。

這一切好像昨天才發生，但又好像是很遙遠的事。

——為什麼會想起這件事呢？

溫妮雅感到身子傾側，差點跌倒，才發現自己竟然完好無缺地睡在床上。她按著前額，迷迷糊糊地想起很多往事，跟哥哥、夏格出海，與嫂嫂練「精靈法則」，還有很多很多在王都的事……

——這是什麼地方？

——哥哥、嫂嫂和師兄呢？他們怎麼不在我的身旁？

房間的牆都是白色的，牆身打滿了釘子，似乎是用鐵打造的。房內雖然沒有窗子，可是並不感到局促，或許跟擺設有關吧，一張床、一個床頭小茶几和一張椅子，還有一幅海景畫，簡潔而乾淨。

她坐了起來，呆呆地看著海景畫，她不知道那幅畫裡的海在哪兒，只覺得海水分明得十分有層次，彷彿在流動一樣，十分真實。她搓了搓眼，確定畫中海沒有流動，才呼了口氣。

溫妮雅心想定是昏迷太久之故，才會產生幻覺。

——昏迷之前我在做什麼呢？好像有人跟我說了什麼？

——他們提到手鐲。呀，我的左手……

記憶漸漸清晰過來，她瞧瞧左手，真由給的手鐲仍然健在，可是她環目四顧，卻看不見黑龍劍，心禁不住抽搐了一下。

喬亞的黑龍劍竟然如此輕易地被取走，實在太大意了。

她吸了口氣，終於想起昏迷前的一切。

她記得在阿髮河飄流了大半天後，精神才勉強恢復過來。真由的犧牲帶給她前所未有的震撼，她已經分不清楚事情的緩急先後，只管在水裡游，從支流到主流，從湖泊到海洋，或許天色換了好幾轉，不過她在河水之下，沒法分辨這麼多。她只覺得眼下的水有時候很藍，有時候很綠，有時候很光，有時候很暗。

起初她不知道要游到何時，游到哪裡，但越游下去，她的心越來越安定。千遍一律的動作，讓她進入忘我的境界，一切的事都如河水自她身邊滑過去，她漸漸記不起自己身處何時何地，也記不起為什麼要一直游，一切就如此順理成章，她彷彿變成了一條魚。

不，她有種感覺，自己本身就是一條魚，是江河湖泊海洋的一部分，反而在王都的種種才是虛假的。她不自覺看了看手上的黑龍劍和手鐲，如果不是有這兩個東西，她或許早誤信自己是一條魚吧！

她游了很久很久，直至眼前亮起兩道火光，她才停了下來。水裡為什麼有火光呢？她感到疑惑，但這幾天發生的事實在超乎她的想像，她也沒有太過震驚。說不定眼前人是「火之精靈使」吧，但真的是人嗎？

兩道火光慢慢接近她，漸次現出兩道身影。他們跟真由一樣，長有紅髮、碧眼、銀鱗及魚尾，不同的是他們都是男的。或許是整天在水裡游泳，他們上身的肌肉十分結實，比變大後的夏格還要壯健。

——人魚也有男的嗎？

「你是誰？」其中一條人魚跟她說。

「我是魚。」溫妮雅答完，也覺得自己的說法有點莫名其妙。

「你來這裡做什麼呢？」

「我要去水都。」

「去水都做什麼？」

「我要做什麼？」溫妮雅迷迷糊糊地抬起左手，把手鐲亮了起來。

「這是真由的東西，她在哪兒呢？」

「她死了……」

悲傷從胸口升起，壓得她心裡有點兒不舒服。

「什麼？」另一條人魚近乎吼叫地說著，聲音很是沉實，像一個大鐵鎚狠狠地敲在溫妮雅的腦中，她感到有些暈眩。

溫妮雅按著右額，還沒來得及答話，兩條人魚已經滿有默契地圍著她游動。他們一面游動，一面發出沉沉的聲音。

聲音漸次形成旋律，然後她就聽到沉實得如輓歌的歌聲，弄得她胸口有點鬱悶，非常難受。

她先按著胸口，但沒法止住那份難受，只好按著雙耳，可是歌聲依舊，不，是變得更沉鬱。她感到顎骨在震動，心也在震動。

她忽然想到那人魚歌謠曾經説過人魚的歌聲有種魔力，能夠引領船隻穿過風暴、狂潮，如今聽來，所言非虛。

——真由臨終的一刻是否想唱歌呢？

溫妮雅想起真由，胸口的悶氣沒法換轉，竟然在人魚的歌聲中漸次昏迷過去。她感到渾身乏力，不但黑龍劍脱了手，連自己也像失控般往水底沉過去。

「我們帶她回水都。」

這是她昏迷前聽到最後的話，接著她感到自己被一道水流抬起，微微睜開眼睛，還看到黑龍劍被一道旋渦包圍，才沒有繼續往水底跌下去。這就是她昏迷前看到最後的景象，接著，她就一直睡一直睡，直至這一刻才醒過來。

——白色的鐵牆，這房間的用料在王都從未見過，難道這裡就是水都嗎？不，水都不是在水裡嗎？但為什麼這裡連半點水也沒有，抑或水都是在陸地上？

溫妮雅摸著那白色的金屬牆，滿臉疑惑。她下了床，舒展了幾下筋骨，確定自己傷勢不重後，就走到大門。

門把也是全白色的金屬，摸上去有點冰冷。

她正想打開大門，卻感到門把在扭動。

她反應敏捷，飛身躍回床上，蓋上被子。

門打開，陣陣腳步聲靠近了她。

「怎麼還沒醒來呢？」是一把童稚的女聲。

隨著聲音，一隻冰冷的手捉著了溫妮雅的左手，探了探她的脈搏。

「脈息順暢，應該快醒過來。」是另一把帶有磁性較成熟的女聲。

接著，那人翻了翻溫妮雅的身體，又探了探她的鼻息和頸側脈搏。最後打開了她的口，一冰涼的東西貼近她的唇，應該是水杯吧。

水很甘甜，像混了砂糖進去，而且有陣香氣，很是誘人。她暗想在陌生的地方、對著陌生的人，還是不要吞下去，心生一計，詐作被水嗆著，咳了幾聲，想把水吐出來。可惜，這一著並不奏效，水還是滑入了肚內，而且還暴露了她已經醒來。

她只好搓搓眼，裝作剛醒過來，問：「這裡是什麼地方？」

「這是水都。」

溫妮雅睜開雙眼，看見一位上年紀的女人魚站在自己的面前。她的年紀看上去比較大，頭髮紅中夾白，臉上除了鱗片外，還有些皺紋。

「我真的來到了，太好了。族長在哪兒？」

「你找族長什麼事呢？」

「我替真由帶口信。」

「真由姐姐真的死了嗎？」

是那把稚嫩的女聲，溫妮雅瞟了瞟，卻看見一位少年站在身旁。他也是一頭紅髮，但一臉童顏，看來是個未變聲的少年。

——人魚也跟人一樣，會變聲嗎？

「真的。」溫妮雅點頭，然後是一陣默然。

「你沒有騙我？真魚姐姐呢？」少年神情慌張，而且左一句「真由姐姐」，右一句「真魚姐姐」，看來跟她倆甚有關係。

「我不知道。」溫妮雅不想刺激眼前人，只好這樣說。她暗想這也沒有說謊，真魚的事也只是人狼王、屍邪鬼告訴她的。沒有親眼看見，還是不要節外生枝。

「你如果騙我，下場會很慘。」少年突然說。

「真雄，別胡來。」中年人魚婦人說。

「我沒有。」真雄洩氣地說。

「她剛才喝了什麼？」

——喝了什麼？

溫妮雅臉色一沉，急搓著喉頭，想把水吐出來，可是什麼都吐不出來。

「不用怕，那只是糖水，對她有益。」真雄轉身離開房間。

婦人待真雄關上門，才說：「我的年紀應該相等於人類的五十歲，你可以喚我作美依嬸嬸。你要小心點，我們久居水底，與你們人類族很久沒有交往，未必人人像真由待你般友善。」

——友善？

婦人續說：「否則她也不會把手鐲交給你，那是回到水都的導航。沒有它，我們族縱使在水裡多自在，也辨別不到水都的位置。」

溫妮雅恍然，摸了摸手鐲，暗想難怪她胡裡胡塗，可以游到水都，原來一切也是這手鐲的能力。

「你叫什麼名字呢？」

「我叫溫妮雅。」

「原來是聖潔。」

——又是這樣的話。

「我們的名字都是來自上古，每個字根都淵遠流長，有自己的意思。」

溫妮雅「嗯」了一聲，又問：「我的劍呢？」

「應該在族長手上。」

「我可以見族長嗎？」

「當然可以，不過你見族長時要小心，不要亂喝什麼，像真雄般能夠變換水的特性，至少還有兩位做到。」

「水的特性？」溫妮雅升起滿臉疑惑。

「人魚族自幼與水結緣，每位都有自己的『活水』，能夠操控水的形態。不過操控內容因才而定，像真由般就可以把水變成不同的武器；真雄則能夠把水的性質變換，可以調整出不同味道，譬如腐屍的味道……」

溫妮雅臉色大駭，忍不住按著嘴巴，如果剛才真雄有心害她的話，她喝的應該是……她已經不敢再想下去。

「放心吧，那杯水是我親手拿給你的，確定是普通糖水才給你喝。這個傻小子，一直暗恨自己不像兩位姐姐般有能耐，但是我認為每個個體都有自己的特點，世界才可以走下去。你認為呢？」

溫妮雅點點頭，目光落在盤子之上。她眼前的一瓶水、幾個杯子，已經不是普通可以飲用的水這麼簡單。人魚族竟然可以如此操控水，這與「精靈法則」是完全兩碼子的事。

——真由可以把水變成不同武器，真雄可以轉換水的性質。真魚呢？族長身為一族之長，又有什麼能耐呢？

美依又說：「真雄天生就是學醫的材料，剛才我們一進房間，他就應該知道你已經醒來，才跟你開玩笑。」

——玩笑嘛？

溫妮雅暗抽了口涼氣，不過現在不是深究的時候，還是多問點資料。

她正要說下去的時候，真雄卻推門而進，一臉忿恨地說：「族長請她見面。」

「嘿，真是討厭的『千里眼』。」美依右手一揮，把瓶子擲向那幅海景畫。乒乓，瓶子碎裂，水流在地上，畫中同時露出一透明的東西，似冰塊，但更像是幾滴水聚合起來的小水包。

溫妮雅錯愕地看著美依，又看看那小水包。原來剛才她看見海景畫在流動不是錯覺，真的有東西黏附在上面。

「可惜，它只能傳遞眼前看到的事物，如果能傳遞痛楚，你說多好呢？」

美依說完，真雄揮掌擊在小水包上，把它打至粉碎。

溫妮雅早見識過喬亞與他的動物團隊，立即猜到那小水包定是美依口中的所謂「千里眼」，擁有把景象送回給施術者的能耐。

——這個世界果然很廣闊。

「是我不好，沒有好好檢查房間。」真雄抱歉地說。

「不怪你，任何房間都不可能密封。」美依抬眼看看牆頂，溫妮雅這才發現那裡有些空位，該是讓空氣流通的縫隙。

「那傢伙已經是一人之下，萬人之上，還弄這些小動作，就看看他怎樣對付我的病人。」美依一臉怒氣，不悅地離開房間。

美依也好、真雄也好，渾身都是貼身的鱗片，只圍了長裙，不用穿上衣。不過在溫妮雅看來，還是感到美依站起來的時候，拂了拂袖。

「我們也跟著前往。」真雄回身又說，「你不要怯懦，落了姐姐的面子。」

溫妮雅不自覺抽了口涼氣，她整天在王都打滾，不但是國師的愛徒，也是四天王之一，早目睹了王室和朝廷的權力鬥爭，但想不到在人魚族也有這現象。

第二十一章 人魚族

溫妮雅終於明白到眼前的人魚族並不是什麼傳說中的遠古生物，而是在各方面都強過人類很多倍的真實存在。

溫妮雅跟在真雄的身後，離開房間。走廊的牆身也是用一塊又一塊的金屬板砌成，雖然很窄，但塗了白色的油漆，予人一種明快的感覺。不過說也奇怪，雖然走廊的盡頭沒有半點火光，但她仍然能辨認到它的細節，門口的方框、門把的位置。

——我的視力不會這麼好吧！

她低頭看著左手上的手鐲，忽然生起一個念頭，想試試脫掉那手鐲。

「我勸你不要胡來。」

美依的聲音自背後響起，續說：「人類脫掉那手鐲，是沒法離開水都的。」

溫妮雅暗感錯愕，心想以自己的能耐，要離開一個地方不會有多難。不過她心念一轉，立即明白對方的話。

——你要有隨時逃走的打算。

溫妮雅隱隱約約覺得這個水都、人魚族並不是表面上般簡單，至少有一件事，她一直念念不忘。

——他們是「八大惡」中老五的子孫，而且曾經囚禁過其他「八大惡」。

——「八大惡」有子孫？吸血魔、人狼王他們也有嗎？

正在苦思之際，她已來到走廊的盡頭，當她走出大門，全副心神都被眼前的景象所吸引著。

這情況若硬要做個比方，就像她被喬亞完全吸引著一樣。

她知道自己已經沒法忘記眼前的景象，甚至可以說是到了終身難忘的地步。

跟她背後的走廊完全不一樣的是，她眼前盡是色彩鮮艷的建築，而且那種開闊，與她見過最大的城市——王都沒有兩樣。她甚至有一下子以為自己不是在世上任何一個城市，而是在天堂。

她眼前全是些從未見過的建築物，一座又一座像蘿蔔的高塔，一間又一間像洋蔥的房子，還有一艘又一艘不同顏色的船隻。船隻都停泊在地上，她徐徐回頭，看見身後竟然是一艘白色的船。

不過，說是停泊並不準確，該說是……擱淺，不，這也不準確，該說是陸沉。

當溫妮雅看著那圓拱「天空」的時候，陸沉二字不自覺浮現在腦海內。原來水都真的在東海之下，它身處一個琉璃罩之下，圓拱的天頂外面是又湛藍又碧綠的海洋。或許有魚在水中游動，但離得太遠，她看得不清楚。不過她確實感到有生命在外面游動。

——這是什麼建築技術？竟然可以在海底興建城市，這比任何「法術勢」也厲害得多。

溫妮雅終於明白到眼前的人魚族並不是什麼傳說中的遠古生物，而是在各方面都強過人類很多倍的真實存在。

此刻，她也終於明白到美依所謂「沒法離開水都」的意思。人類只要離開水都，就會第一時間溺斃。

水都跟很多都市一樣，平地之間夾雜高山，部分房子依山而建，顯得甚有層次。他們身處的白色鐵船位於小山崗之上，旁邊沒有任何建築物，顯得有點兒冷清。

不過他們才下了小山崗，就轉進了一條頗熱鬧的街道。

街上盡是紅頭髮的人魚，他們看見溫妮雅，頓時露出好奇之色，雖然沒有走上前，卻駐足在道旁，一直看著溫妮雅。

溫妮雅聽到他們對自己評頭品足，感到有點兒啼笑皆非。她暗想從來只有人類會批評其他生物，何曾有人類被數說過呢？

「他們沒有見過人類，你不要怪他們。」美依說。

「我沒事，只是覺得好奇。」溫妮雅說，「雖然我沒有紅頭髮、鱗片和碧眼，但我們在陸地上都是以兩條腿走路，也會說話和思考，與其他動物不相同。」

美依輕輕呼了口氣，說：「難道你不知道我們人魚族是何來嗎？」

溫妮雅搖首，美依搖頭苦笑：「還是不知道為妙。」

溫妮雅有點討厭這種語氣，不過她還是忍住了不發問，確實這不是尋根究底的時候，她現在首要做的就是見族長，然後看看他們有沒有方法對付人狼王、屍邪鬼，還要去找喬亞和真魚的下落。

——但事情真的如此輕易嗎？

「你們不要太緊張，她跟我們一樣，都會說話，也會思考，不是什麼怪物。而且我們還要見族長。」真雄見站著的人群越來越多，擋住了他們的去路，只好跳到一張椅子上，朗聲說道。

人魚聽到「族長」二字，紛紛退到兩側，讓出了道路。

他們順著「人魚路」，不一會兒走到另一座小山崗之下。

山上有一座巨大的建築，看來就是族長居住的地方。

他們拾級而上，不一會兒就到達了建築物前。門前有兩個侍衛看守著，他們看見美依立時露出嚴肅的神情，禮貌地敬了個禮。

「師父是水都第一治療師，我們都很尊敬她。」真雄揚揚眉，意氣風發地說。

溫妮雅心下冷笑，暗想真雄雖然抗拒學醫，不過從他得意洋洋的神情，可能連他也不了解自己的真實意願。

「我去看看夫人，你們先去找族長。」美依拋下一句話，轉身就走。

溫妮雅跟著真雄，在建築物內轉了幾個圈，終於來到大殿之內。殿內坐了三個人，坐在正中心的一位除了滿身鱗片外，還披了一襲赤彤彤的斗篷，身份顯得有點兒特別，看來該是族長吧！

坐在兩旁是兩條正值盛年的人魚，一位個子高大，渾身是紮實的肌肉；另一位比較胖，額頂有幾球隆起的肉塊，頗像人類養的一種觀賞魚。

「利德大人一向不容易相信人，他的『活水』就是千里眼。」真雄的目光落在個子高大的人魚身上。

溫妮雅立時想起那個小水包，他該是那位懂得「千里眼」的人魚，不期然想到每位人魚的能力也該與他的性情有關吧。

真由生性硬朗，充滿攻擊性，能力是把水變成各式武器。真雄比較頑皮，能夠把水變成不同的味道。

利德容易猜疑，於是利用水去監視別人。

「真雄，你可以離開了。」利德說。

真雄不賣對方的帳，挺挺胸膛，說：「利德大人，這是關乎兩位姐姐的下落，真雄希望能夠留下來。」

利德沉聲說：「這是人魚族的重要會議，無知小兒怎可以在此打擾，還不快滾？」

「你是大人物，怎會跟他一般見識。真雄，你師父呢？」微胖的人魚說。

「信馬大人，師父去了見夫人。」真雄語氣變得友善得多。

信馬輕咳了一聲，說：「她過一陣子應該會來這裡，你就站在我身後等她吧！阿德，你該沒有異議吧！」

利德臉色繃緊地說：「你只可以站在一旁，不可以作聲。」

真雄故意不看他，默默地從溫妮雅身旁離開，像下人般站到信馬的背後。

利德顯然不大喜歡美依、信馬，但看來拿他們沒法子，只好把一口烏氣吐在溫妮雅身上：「你就是那位帶著真由手鐲的人類嗎？」

溫妮雅揚了揚左手，傲慢地說：「你是指它嗎？」

「你是怎樣得回來呢？是偷，還是搶呢？」利德果然不輕易相信她。

溫妮雅聽著，心裡就是有氣，自己為了帶口信來水都，連喬亞生死也不顧，如今竟換得如此質疑，不過她也不是沒見識過權貴的嘴臉，冷笑一聲：「原來你們連我也害怕，難怪被人狼王、屍邪鬼欺負得如此慘，連岸也不敢上。」

「人狼王？屍邪鬼？是雷克蘭他們嗎？那兩個階下囚，我們會害怕嗎？」利德說著，捧著腹子大笑。他的笑聲帶著輕蔑，良久也沒有停下來。

——階下囚？

——看來他們真的囚禁過人狼王他們，不過卻被對方逃脫了，因此才派真由她們去追捕。

「阿德，看來她是什麼都不知道。」族長終於說話，語氣有點老邁，看來是一位上年紀的人魚。

「族長，區區人類，怎會知道我們的付出呢？」利德停止發笑，換上一臉凝重。

──區區人類？

──怎麼你們人魚族就偏看我們人類不順眼？

溫妮雅暗想如果不是為了喬亞和死去的真由，真想拂袖而去。

「人類小姐，我們久居於海底，與人類世界斷絕了關係也有萬多年，難免互相猜疑。來吧！讓我們重新建立友誼，我相信真由把手鐲交給你，也是這個意思了！」信馬的話表面是說給溫妮雅聽，但話中有骨，顯然針對利德而來。

利德不好意思發作，目光投在族長的身上。

族長說：「雷克蘭和納西斯向來不和，告訴我，你如何遇到他們呢？」

溫妮雅心中一凜，這位族長看似平和，但一針見血，輕易地切中問題的重心。如果手鐲是她偷回來的，她早應該想好一個完美的故事，很輕鬆地就可以帶過她和真由的關係。不過若問到人狼王和屍邪鬼的關係，如果不是事實的話，很難妥善地說出一個毫無破綻的故事。

不過，幸好她早就想把一切說出來，她深深吸了口氣，開始「回憶」這幾天發生的事，一切都由遇到屍邪鬼開始，當時他還只是一具死屍……

當然，如果把事情再推向前，應該由她遇到喬亞一刻開始，那是生命中的一條歧路，改變了她一生，她如此相信。

信馬、利德甫聽到「吸血魔」的事，臉色同時一沉，顯然沒有想過這件事與吸血魔也有關係。

當她說到在小山崗初見真由、真魚的時候，真雄突然「咦」了一聲，輕按著胸口，略帶忿怨，有種惱恨自己不在場的感覺。

最後當她說到真由之死，真雄痛苦得面容扭曲，更反駁說：「我們死後不會化成黑煙。」

利德瞪視著真雄，信馬也說：「小雄，你忘記了應承過我們什麼嗎？」

「真魚……」真雄欲言又止。

「你覺得真魚也遇害嗎？」信馬代真雄發問。

「我不知道，但真由好像隱隱約約覺得真魚已經受了重傷，否則應該會及時來幫助她。」溫妮雅回答。

「你知道真魚的能力嗎？」信馬問。

溫妮雅記起小山崗那一幕，猜說：「是製造海浪嗎？」

信馬沒有答她，只向著族長說：「族長，我相信她的話。我請求派出援軍前往捉拿雷克蘭他們，還要查探真魚的下落……」

「我們憑什麼相信她的話，人類如果可信，我們族怎麼需要留在海底這麼久呢？說不定她是那傢伙派來的間諜，引誘我們離開水都，再發動大攻勢。」利德搶著說。

「就憑她的不知道。如果她真的是間諜的話，怎會不知道真魚的能力呢？那傢伙應該早已把我們的一切告訴她，而且還有一個證據，她一直稱呼德古拉為『吸血魔』，而沒有叫德古拉這名字。」信馬說。

——原來「吸血魔」叫做德古拉？

——他們口中的「那傢伙」看來不是指人狼王或屍邪鬼，是指吸血魔嗎？

溫妮雅暗忖著。

「那傢伙對你瞭如指掌，早針對你的『大智慧』設計好故事。」利德說，「我偏偏不相信她。真雄，你相信你的兩位姐姐已落難嗎？」

利德說得很狡猾，以真雄的性情，怎會相信兩位姐姐已經落難呢？

「我……」真雄挺挺胸，說，「讓我去找她們回來。」

「你可以嗎？你只是個會調味的傢伙。真不明白美依看中你什麼，想把一身本領傳授給你。」利德說得極不留情面。

真雄握著拳頭，想反駁，卻又不知道該說什麼才好，他確實沒有兩位姐姐本事。在需要力量的時候，他是最缺乏力量的那位。

「至少他不會做偷看那回事。」

是美依的聲音。

美依走進大殿，沒有看任何人，就坐在一張椅子之上。

溫妮雅這時才發現殿內兩側擺了四張椅子，當下由利德、信馬和美依三人坐著，空出了其中一張，看來美依的身份不獨是一名治療師般簡單。

「你終於出現。」利德說。

「我一介治療師，治人可以，治國不是我強項。近來沒有傳染病，我來幹什麼呢？」

美依說。

溫妮雅恍然，難怪大家對美依如此尊重，原來她在人魚族的地位不低。

「那麼你這次前來，所為何事呢？」利德不客氣地說。

「如果不是你找我麻煩，我才不想前來，你該知道我不喜歡被人監視。」美依也不客氣地說。

「我只是怕她危害我們族，你該知道我們當下的危機吧！」利德目光落在那張空椅子上。

美依聳聳肩說：「我的責任就是讓病者得到照顧，整天被監視，誰會康復呢？」

「她現在不是已經痊癒嗎？」利德瞪視著。

「族長，你曾經說過沒有我的批准，誰也不可以進白船。如果再有下次，我今生不再醫治任何一位子民。」美依態度相當強硬。

信馬急說：「阿依，別衝動，我相信阿德也是一番好意。」

利德「哼」了一聲，目光又落在那張空椅子上，說：「我也只是為了我們族著想，難道你們忘記了那傢伙隨時可以帶著德古拉他們來反攻我們嗎？只要大量製造到手鐲，他們就再不怕在水裡作戰。」

「好了，你們再吵下去，不怕失禮了人魚族的面子嗎？」族長說完，大家的目光都落在溫妮雅的臉上。

溫妮雅心下冷笑，猜不到自己是吵架的源頭，也是他們停止吵架的原因。

「你們三人覺得我們應該如何做呢？」族長望著三位大臣問。

美依三人看著對方，卻沒有說話，他們一直都搶著說話，但到了這個時刻，誰也不敢先說。

「你們真是……信馬，你先說。」族長說。

「如果德古拉他們都聚集在同一個大陸，看來那傢伙也在，我們必須先下手為強，重組追捕的隊伍，甚至可以跟人類合作。」信馬說完，目光落在利德的臉上。

利德稍稍遲疑，才說：「我一直主張主動出擊，但是，我不相信她的話。我建議立即收回手鐲，趕她出水都。」

「你根本跟德古拉他們一樣，是嗜血的傢伙。人類根本不可能在水中生活，收回手鐲，她一離開水都就會被水壓壓扁內臟。」

——被水壓壓扁？

「你不是一直主張以和為貴，不主張追捕德古拉他們，現在不是如你所願嗎？」利德冷笑地說。

溫妮雅終於明白他們剛才沉默的原因，他們對自己的態度，原來與他們一向各自的主張相違反。

美依瞪了利德一眼，說：「族長，你該知道美依的性情，我一直不主張追捕他們。我們已經完成了歷史任務，不要再背負任何責任。真雄，你不要露出這神情，我是說『一直』。現在的情況是必須先找回真魚，我們不能讓她下落不明。我們族是不會犧牲任何一位子民！」

第二十二章　第三件法寶

溫妮雅接過黑龍劍，
頓時露出溫靄的神情，在這個陌生的水都，
面對著非我族類的人魚族，
她現在唯一的依靠就是眼前的黑龍劍。

「為了一位子民而勞師動眾嗎？」利德揶揄說。

「不知道是誰最先主張追捕那些傢伙呢？」美依冷冷地說。

「你們又來了。」族長又說，「人類小姐，你認為我們應該怎樣做呢？」

溫妮雅錯愕，這是他們族的事，竟然由她來表達意見，真奇怪，不過現在不是細想的時候，即說：「我不知道你們發生過什麼事，但如果換作人類的話，雷克蘭他們是逃犯的話，我們追至天涯海角也要把他捉住。而且也要問明他們，真魚的下落，是生是死也要有個交代。」

「在這大殿內，這應該是主要的論調，不過我們族從不以數量取勝。」族長說。

美依突然站了起來，說：「族長，不可以。」

利德說：「你脾氣挺大。」

族長呼了口氣，說：「我心意已決，就讓我們遵從老規矩。」

——老規矩？

溫妮雅看見美依、信馬，以至真雄一臉駭色，已知道事情非比尋常。

真雄終於按捺不住，踏前一步，按著左胸，凜然說：「請讓真雄出戰。」

「你有能力嗎？」利德瞇起雙眼，冷冷地看著真雄。

真雄咬咬牙，兩眼泛紅，極恨自己的無能。

——原來是出戰？

「美依，我知道你想救真魚，但我們已先後派出部隊追捕，人手緊張。要再動員的話，不是我一個人可以決定。」族長望看溫妮雅，又說：「而且人類小姐，消息是你帶回來，我們無法判斷真偽。如果你想讓我們相信你，派人去支援你，你就要付出一點體力，用行動證明你有能耐。大家看見你勇氣可嘉，有能力，定會自告奮勇出戰。」

溫妮雅知道在這個時候不能示弱，挺起腰板：「我也想舒展筋骨，就由我來吧！」

美依、信馬均皺眉搖頭，唯他們人魚族一諾千金，溫妮雅既然答應了，就沒有反口的機會，他們再說下去，也無法改變她要出戰的決定。

「不過我有一個要求。」溫妮雅說。

「請說。」族長說。

「我想要回我的劍。」溫妮雅說。

族長看了看利德，後者迅速離開了大殿，不一會兒捧著黑龍劍回來。

溫妮雅接過黑龍劍，頓時露出溫靄的神情，在這個陌生的水都，面對著非我族類的人魚族，她現在唯一的依靠就是眼前的黑龍劍。

「黑龍，你會幫助我嗎？」她喃喃自語。

「族長，按慣例，她應該可以帶三件法寶出戰。」信馬說。

美依續說：「第二件法寶應該是手鐲。至於第三件是什麼，可以讓她考慮一天嗎？」

族長點點頭，說：「可以。利德，你去預備一下。」

「明白。」利德再次離開大殿。

溫妮雅雖然不大喜歡利德，不過他的行動也確實迅速。

「人類小姐，你叫什麼名字呢？」族長問。

溫妮雅說完，再次換來「聖潔」二字，她暗暗為這情況稱奇。

美依顯然不大高興，說了聲再見，就帶著溫妮雅與真雄離開大廳。她才踏出大門，即說：「那老傢伙，把所有責任都推得一乾二淨。」

溫妮雅露出奇怪的神情，不知道美依是指誰。

美依連忙說：「我是說族長，我們民風本來就很純樸，如果不是他這種態度，凡事都以『決鬥』解決問題，弄得人民好勇鬥狠，就不會培養出那利慾薰心的傢伙。真雄，去探聽一下，決鬥的對手是誰。」

「知道。」真雄狂奔離開。

溫妮雅隱隱約約覺得美依他們口中的「那傢伙」就是空椅子的主人，不過這是人魚族內部的事，若要知道真相的話，定要小心發問。

「你剛才太衝動了。」美依說。

「為了真由兩姐妹，我沒有拒絕的理由。」溫妮雅說。

美依語重心長地說：「人類是打不過牠們的。」

溫妮雅說：「牠們？」

美依呼了口氣，說：「牠們都是海中霸王。我不是看不起你，縱使我們族，能夠打敗牠們的亦沒有多少人，真由兩姐妹是其中兩個，因此她們雖然年青，但特別獲得批准，可以前往捉拿雷克蘭。」

溫妮雅說：「海中霸王？」

「他古、沙美或者里瑪加，希望你遇上里瑪加，牠性子比較溫和。如果是他古的話，你只有不斷逃走，直至牠對你失去興趣。」

溫妮雅聽著那些陌生的名字，完全不知道牠們是怎麼樣的生物。

「你最擅長什麼功夫，你能夠在雷克蘭和納西斯手下逃命，不會沒有一點能耐吧？」美依問。

「我擅長『御劍術』，即是能隔空舞劍，不過我沒有能控制的劍。」

美依錯愕地看著溫妮雅手中的黑龍劍，露出疑惑之色。

「這是喬亞的劍，喬亞是我剛才在大殿提到的伙伴，呀，你剛才沒有在殿上。」

「我知道是誰，我一直在附近聽著，否則也不可以及時頂撞那傢伙。你的劍可以借我看看嗎？」

美依接過黑龍劍，仔細地看了一遍，才說：「這柄劍不算鋒利，你縱使可以控制它，也未必能夠刺穿那些厚厚的皮。」

溫妮雅當然明白黑龍劍不夠鋒利，但她又不知道如何召喚出黑龍，不過它是喬亞的佩劍，還是有它在手上比較安心。

「而且……」美依欲言又止。

「什麼事？」

美依將黑龍劍的劍鋒在自己的左手拖了一下，厚硬的鱗片竟然絲毫無缺。那些鱗片就像厚厚的盔甲，把人魚保護得很周全。

「如果我們在水中，就不用怕雷克蘭他們，可惜真由……」美依吁了口氣，沒有再說下去，如果真由不是保護了溫妮雅，而是獨自跳回水裡，應該可以保命，但這根本是推搪。倘若不是溫妮雅帶著真由逃走，真由可能早被雷克蘭分屍，更加不能把手鐲交到她的手中，人魚族可能要多年後才知道真由已死。

想到這裡，美依眉頭一剔，再說：「這柄劍真不祥，竟然能夠把人魚斬成黑煙。」

「你們死後不是會化成泡沫嗎？」溫妮雅問。

「你為什麼這樣子說呢？」

「那首童謠是如此記載的。」

「這當然不是，我們跟所有生物一樣，死後都只剩下臭皮囊。」美依說。

「是嗎？」溫妮雅看著黑龍劍，暗想或許真的如美依所說，把人魚斬殺成黑煙是它的特性吧！她回心一想，這還是她首次看見黑龍劍殺「人」，而且還是她的同伴。

「糟透了。」真雄氣急敗壞地走了回來。

「是他古嗎？」美依臉色頓時一沉，顯然在眾多海中霸王中，這個他古是最難應付的。

「牠沒有弱點嗎？」溫妮雅問。

「沒有。」真雄爽快地說：「在人魚族中，除了真魚姐，沒有誰敢惹他古。牠動怒起來的時候，只要一揮手，就能把一座房子擊碎。」

溫妮雅吞了口氣，說：「那麼牠豈不比雷克蘭他們更難應付嗎？」

美依說：「牠雖然凶殘，但不會思考，會思考的傢伙才是最可怕的。」

溫妮雅問：「你們跟雷克蘭他們是什麼關係呢？」

「還不是你們人類造的孽，如果你明天不死，我就把一切告訴你。」美依說。

——人類造的孽，這到底是什麼一回事？

——人魚、人狼、吸血魔、死屍……怎麼會跟人類有關？

「好了，雖然這裡是海底，我們自己製造光芒，成為不夜天，但時候也不早了。你先回白船好好休息，我去準備第三件法寶給你。」

「是什麼呢？」溫妮雅問。

美依沒有答她，逕自下了山。

溫妮雅看了看真雄，露出詢問之色。

真雄聳聳肩，說：「我也不知道師父要找什麼，不過師父是很有辦法的，否則也不會只憑一身醫術，就跟信馬、利德大人平起平坐。」

溫妮雅記起那空椅子的主人，問：「跟你師父平起平坐的人還有一位嗎？」

真雄眉頭頓時一皺，狠狠地說：「不要提他。」

溫妮雅暗想人魚族都以「那傢伙」稱呼那位人魚，頗有不想提起他的意味，只好岔開話題：「你見過他古嗎？」

「沒有，牠們是我們人魚族的守護神，長期被我們供奉在洞穴之內，只有少數有能力的人才見過牠們。當我們要下重大的決定時，才派人去挑戰牠們，只有在牠們手下活命的，才能證明要決定的事是對的。」

「你有沒有聽過真魚形容牠，或者與牠一戰的情況？」

「沒有，真魚姐不喜歡戰鬥，不是為了要陪同真由姐，她也不會挑戰他古。」

「真魚有什麼能力，她是否能夠控制海浪呢？」

「原來你真的不知道，真魚姐的本事就是能夠將水『倍化』，一滴變兩滴，兩滴變四滴……一直一直變下去。真由姐雖然厲害，但沒有水的話，什麼武器也變不出來。因此真魚姐才要跟著去，有她的地方，真由姐就不用考慮什麼，利箭、鐵槌、盾牌也可以輕易做出來。」真雄說了很多很多的話，顯然他很敬重，也很想念兩位姐姐。

溫妮雅咬咬牙，看著黑龍劍暗下決定，明天無論發生任何事，一定要過到他古那一關，然後要求族長派人前去找真魚。

——喬亞、真魚，你們一定不要有事！

溫妮雅回到白船後，真雄端來了晚餐，是幾條烤魚。

她看著眼前的食物，暗呼了口氣，幸好人魚族不是茹毛飲血，不用生吞整條魚，而且他們用的餐具竟然與人類相同。

真雄卻以為她在看盤上的杯子，說：「放心吧，我只是按師父的要求把水調得帶點苦澀味，她說你吃得太少苦的食物，身體不夠均衡，要我為你預備。」

溫妮雅拿起杯子，送到嘴邊，果然是一陣苦澀味。

真雄續說：「師父一直主張飲食要均衡，除了魚、草的比例是二比八之外，一天最好能吃盡五色五味，不能偏食，各種元素平衡才是對抗頑疾的首要條件。」

溫妮雅微感驚訝，美依的均衡飲食法，比王都的醫師說得更透徹。她確實不大喜歡吃苦的食物，苦瓜苦菜敬而遠之。

真雄定睛看著她，她只好淺嚐眼前的苦水，幸好入口苦中帶甘，味道尚算不差。

真雄看見她喝了幾口，臉色頓時寬了下來。溫妮雅頓時有種感覺，真雄或許有點把她當作真由、真魚兩位姐姐看待，心裡竟然生起一陣憐意，同時記起了身受重傷的夏格。

——他的手臂康復進度如何呢？

——我到底在水裡過了多久的日子？

——哥哥他們回到王都沒有呢？

——還有，端芮跟屍邪鬼一戰的結果如何？

——端芮真的會被屍邪鬼控制嗎？

「你不吃？」真雄問。

溫妮雅咬了一口魚肉，不再胡思亂想，明天就要一戰，心情若不及時調整過來，哀兵上陣，必然戰敗收場。

溫妮雅暗想要找些東西分分神，連忙說：「除了我已經知道的『活水』，還有哪幾種能力是特別有用呢？」

真雄說：「我們族有幾十萬人魚，你想到的能力，應該也有族人懂得的。至於有沒有用，就要看看那族人本身的慧根，譬如與真魚姐一樣懂得『倍化』的，我認識的至少有三位，但他們差不多要花大半天才可以把一滴水變成兩滴，不像姐姐只需要一眨眼，就能變出一整船的水。」

溫妮雅早已見識過真魚的「巨浪」，可以說是親身體會那份力量的震撼。

「換個問法，你印象最深刻的能力還有什麼呢？」

「除了兩位姐姐的『倍化』、『武化』外，我印象比較難忘的有『冷卻』，把水變成冰，凍結一切東西；『霧化』，將水變成霧，阻擋人類船隻前進；『旋渦』，在水中生出氣旋，捲住任何東西……」

溫妮雅記起黑龍劍被旋渦捲住的一幕，感到相當震驚，連忙問：「你們是怎樣練成的呢？」

真雄搖首說：「我們確實是苦練過，不過那能力是與生俱來的。像我，在很小的時候，就能夠把水的味道改變，但是最初只能把水的味道稍稍變甜，經師父調教後，才慢慢掌握變成不同味道的法門。」

溫妮雅吃下最後的一口魚，感到有點兒失望，她之所以想知道「活水」的秘密，就是希望自己也能學過來，以取代「水之精靈法則」，但是聽過美依、真雄的話，她漸漸覺得自己與「活水」無緣。

——我又不是人魚，怎會有與生俱來的能力呢？

——上天真不公平，我苦練得如此辛苦，也掌握不到「精靈法則」，但他們一生下來就有不同的能耐。

——這根本就是童話故事內的主角特權。

「你們會否有些藥，我吃後能夠暫時擁有『活水』呢？」溫妮雅說。

「沒有，我們頂多有手鐲，讓非人魚可以在水中暢泳，不受影響，也方便我們進出水都。」

溫妮雅早知道是這個答案，但臉上仍掩不住失落之情。

「或者師父的第三件法寶可以幫到你。」真雄端起盤子，說，「我明早來叫你。」

真雄離開後，溫妮雅又再次獨自面對白色的房間，看著那張海景畫，心裡頓時覺得一片清明。

過了一會兒，溫妮雅暗想自己應該有好幾天沒有活動過，正好乘睡前活動一下，拿起黑龍劍，走往甲板。

漫天盡是深藍色的海，像極黑夜的星空，十分誘人。但是，這不是欣賞「星空」的時候，她拔出黑龍劍，喃喃地說：「黑龍呀，你是聖獸，應該聽得懂我的話。我不知道喬亞用不用唸術語，也不知道你們怎樣結成契約，更不知道你為什麼落在屍邪鬼手中，我只知道無論如何，我也需要你，請你聽我的請求，像幫助喬亞般幫助我。我溫妮雅願意誠心請求，倘若你需要鮮血，就讓我的血去開鋒吧！」

溫妮雅扭動手腕，劍鋒壓在左臂之上，她現在只需要輕輕一拖，就能見血。

「笨丫頭，別傻！」

一把熟悉的聲音響起，是喬亞嗎？她徐徐回頭，露出失望的表情。

從指揮塔走出來的不是她期望的人，而是美依和真雄。

「我不是說過你的劍刺不穿他古的身體嗎？」美依微微生氣地說。

「但我沒有其他方法。」溫妮雅說。

「你的能耐跟真由相較如何呢？」

溫妮雅吞了口氣，說：「差很遠。」

美依正色地說：「連真由都沒有把握對付他古，你以為你可以嗎？」

溫妮雅失望地低著頭。

美依呼了口氣，說：「你也不要太沮喪，要取勝的方法不單一種。」

「還有其他方法？」

「打不過就要逃。」美依仍舊是那個答案。

「逃？她不可以做逃兵。」真雄震驚地看著師父。

「我不是指逃出水都，而是逃避他古的追擊。凡是生物皆有力竭的時候，只要她的耐力比他古持久，就有翻盤的可能性。」

溫妮雅、真雄同時皺眉，他們雖然沒有見過他古，但相信牠既然是海中霸王之一，體力一定不會比溫妮雅差。

「因此，你要帶上戰場的，除了手鐲和劍外，還有兩件法寶。」

「兩件？豈不是合共四件嗎？」

「你不像是個乖孩子吧！」美依說。

溫妮雅尷尬地笑著，正想問清楚，指揮塔傳來另一把聲音：「美依大人，魚鱗甲送至。」

溫妮雅循著聲音看過去，只見一名人魚捧著一件以魚鱗織成的背心走了過來。

第二十三章　似水的女人

委屈和不忿佔據了溫妮雅整副心思，精神到達了前所未有的萎靡。她咬破小水包，極酸的水流了出來。

溫妮雅曾多次想像他古是怎樣的生物，但到了真的見到牠真身時候，還是感到無比的訝異。

她立誓，如果能夠保命，今生也不會再吃他古的同類。

這天天氣如何，在水都中的溫妮雅並不清楚，她抬頭只看見湛藍的海水。她披上魚鱗甲、戴著手鐲，拿著黑龍劍，跟在美依、真雄的身後，穿過大街小巷，一直走到琉璃罩的邊緣。

那裡有個關卡，從關口看出去，隱隱約約見到水在流動。

溫妮雅不得不再佩服人魚族的技術，竟然可以在水裡製造出如此一個都市，還有那手鐲，技術應該比王都超出五百年，甚至千年以上。

信馬、利德兩人早已經領著數十名人魚在等候，除了信馬和利德外，他們都未見過人類，紛紛投以注視的目光。

溫妮雅早習以為常，見怪不怪，不過她發現那些目光中竟然隱含佩服之色，看來族長要她挑戰他古不單是想把責任推給她，也是希望她在族人面前立威。

「你們來得真早。」美依說。

「挑戰三神從來是我族的盛事，而且還是挑戰他古。」利德的語氣有點兒幸災樂禍，聽得溫妮雅極不舒服。

不過她已經沒有心情理會這一切，她一直記著美依傳授的策略，以及盡量保持平靜，不讓利德他們發現她身上帶著第四件法寶。

「對不起，我也是受命於族長，你們拿了哪三件法寶呢？」信馬說。

「劍、手鐲和魚鱗甲。」美依回答。

利德冷冷地乾笑，問：「不是還有一件嗎？」

「果然瞞不過你，監視狂。」美依狠狠地說，「吐出來。」

溫妮雅依言張口把小水包吐在手上，使勁地把它抓破。

「還要搜查嗎？」美依說。

信馬喚了一聲「女兒」，一名少女人魚走了出來。

她一臉稚氣，年紀看上去跟真雄差不多。她走到溫妮雅跟前，輕聲地說：「姐姐，你長得真美。」

溫妮雅感到啼笑皆非，到了這個時刻，說「真美」不是有點反高潮嗎？

少女雙眼游走，掃視著她的全身，溫妮雅頓時有種被看透的感覺，差點吞了口涎沫。

——難道她的「活水」是可以看透身體嗎？

少女向美依揚揚眉，得意洋洋地說：「沒有發現。」

「祝你武運昌隆！」信馬說完，站在他身後的人魚突然揚聲高歌。歌聲依舊沉鬱，但調子比較輕快。

歌聲一旦升起，就像水的波紋一樣，不斷傳了開去。

溫妮雅回首，看見差不多每座房子都站著紅髮的人魚，他們不斷高歌，十分亢奮，良久沒有止息。

她記起王都的嘉年華也很熱鬧，歡天喜地，但如此把焦點集中在自己的身上也是首次，難免心情激動起來。

「是時候了。」利德不悅地說。

美依點點頭，當先穿過關卡。

溫妮雅跟著走出去，立時被海水包圍。幸好她戴了手鐲，很快就適應下來。在關卡之外，一位人魚拖著一條巨大的魔鬼魚。

——難道牠就是他古？

「我們可以游過去，但你一會兒要應付強敵，還是保留體力吧！」

美依擺動身體，游向魔鬼魚，溫妮雅才明白牠只是搭乘的工具。

溫妮雅與美依一起坐在魔鬼魚的身上，一名人魚在前面牽著繩子，拖著魔鬼魚前行，包括真雄、信馬女兒在內的十數位人魚則在魔鬼魚的身旁。

真雄他們擺動著身體，尾巴都長了出來。

溫妮雅還是首次被這麼多人魚包圍，暗想這真是奇觀，說給哥哥或喬亞聽，他們會相信嗎？

「記著我的話。」美依再次叮囑說。

溫妮雅點點頭，再次記起美依昨天在房間內的吩咐。

「小水包是我專門製造出來的，內裡藏著可以提高集中力和反應的藥水，到了必要關頭咬破它便可以。」

真雄看著那小小的水包，說：「怎樣避開檢查呢？利德的千里眼應該看到你去找人幫手，而且還有檢查的人。」

「我當然有方法。」美依攤開另一隻手，露出另一個小水包。

溫妮雅說：「要我帶著兩個嗎？」

美依點頭：「我會在適當時候叫你吐出其中一個，利德這傢伙太自負，一定會樂在其中，不會再去想別的。」

「這確實是好方法，但應該有人會檢查。」真雄說。

「水都裡有『檢查』能力的只有一個吧！」美依說。

真雄聽著，臉色頓時生起紅霞，故意說：「如果是其他人呢？」

「你忘記了我的能力嗎？」

美依不待溫妮雅有任何反應，把一杯水倒向地上。奇怪的事立時發生了，水流了一半，竟然就停止了流動，不，它仍然流向地上，不過卻像煮過頭的粥，黏稠得可以做漿糊。

「我會預先把小水包黏附在你的喉頭，不過你應該會感到挺不習慣，今夜你唯一要做的事，就是練習到不讓任何人發現喉頭藏著小水包。」

溫妮雅聽著，頓時感到喉頭發麻，渾身雞皮疙瘩。

也確實要感謝昨夜的訓練，溫妮雅雖然仍感到不大舒服，不過尚算可以適應過來，現在就要看看他們的方法是否可行。

「他古雖然不像我們般思考，但很聰明，牠一定會用盡方法把你弄得筋疲力盡。你身上的魚鱗甲是取自盔甲魚，比起我們的鱗片更堅硬，可以為你抵擋一陣子。你逃避了一會兒後，裝作虛脱，令牠分心，再咬破小水包，提升速度，攻其不備。我們不期望你戰勝他古，只需要切去牠一點肉便可以。」

溫妮雅記起美依的話，右手不知道是亢奮，還是驚慌，微微抖動起來。

——小水包還在嗎？

「到了。」美依的話把她從異樣的精神狀態下召喚過來。

他們的面前是個巨大的洞穴，海中霸王他古就住在裡頭。這洞穴一直往上伸延，似乎是小島的一部分。

溫妮雅吸了口氣，站了起來。

「我去了。」

「我們會在這裡等你的消息。」

——消息？如果我死去就不會再回來吧？

美依知道她的考慮，說：「除了『千里眼』外，我們還有很多方法觀察洞內發生的事。如果你不幸受到重傷，我們會第一時間去救你。」

溫妮雅的眼波落在四周的人魚，真雄當先看著她，點了點頭。

他身旁的信馬女兒摸著喉頭，甜甜地笑著。

溫妮雅立時明白過來，她就是懂得「檢查」的人魚，早識破喉頭藏著小水包的把戲，但看在與真雄、美依相識的緣故，又或者是信馬的叮囑，才放她一馬。

這也要多得美依的計劃，用另一個小水包令利德得意洋洋，放下戒心，否則他親自出手檢查的話，說不定會有所發現。

不過現在一切也不重要了，她擺動腰肢，毫不費勁往洞口游過去。洞內廣闊，石柱縱橫交錯，陽光從水面射進來，如果不是有他古這後顧之憂，這裡根本是人間仙境。

溫妮雅很久沒有見陽光了，忍不住往水面游去。她離開水裡，發現身處一個山洞內。上方有個洞口，陽光就是從那兒照進來，或許洞內充滿陽光和水分，所以長滿了藤蔓。藤蔓後的牆身閃動著不合常理的光芒，溫妮雅走了過去，撥開了牆上的藤蔓泥土，竟然發現牆壁跟白船一樣，都是金屬板，不同的是這些金屬板不是白色的，而是銀色的，閃閃生輝。

——難道這裡曾經是人魚族的居所？

——他們的文明究竟有多高呢？

她正要細查下去，卻發現水面慢慢升起了氣泡。

——來了！

溫妮雅舉起黑龍劍，退往牆邊，她為免這麼輕易被他古發現，索性躲在藤蔓之後。

氣泡過後，是一陣巨響，接著一龐然大物露出了水面。

溫妮雅吞了口氣，終於明白海中霸王是什麼一回事。

他古的身體比喬亞的黑龍還要大上一倍，觸鬚粗壯得如樹幹。溫妮雅記得曾經吃過牠的同類，很細小的身體，卻很爽口和鮮甜。可是當她看見他古，她立即起誓，今生不用說吃，連他古與牠的同類，都盡量避之則吉。

——這是報應嗎？

——我吃過牠的同類，如今就要被這八爪魚怪吃回嗎？

沒錯，他古不是什麼奇特的海洋生物，而是一頭八爪魚。牠之所以被視為海中霸王，全因牠長得特別巨大。

溫妮雅記得師父曾經說過：「在這個世上，萬物都有自己的局限，不要以為長得過於龐大，就有優勢。巨大的身體是負累，十呎高的人絕對跑不過六呎高的。」

「我沒有見過十呎高的人。」溫妮雅連忙說。

「為師只是打個比方。」國師說完，目光落在小個子夏格的身上。

——師父現在做什麼呢？見到哥哥嗎？很想再見他們！

溫妮雅想著的時候，他古已經離開水面。牠的觸鬚在山洞裡不住游走，帶著牠的身子往有陽光的方向走去。

溫妮雅盯著他古的右眼，暗想如果天道、鬼道還在手中的話，必定第一時間遙控雙劍，刺向他古的靈魂之窗。

但是天道、鬼道早已經被毀，她手上拿著的是沒法結成契約的黑龍劍。擲劍的話，這個距離又太遠了。

——我要怎辦才好呢？

突然，他古的右眼向著溫妮雅的方向瞟過來，嚇得她屏住了呼吸，不敢造次。幸好，牠只是看了一眼，又看回前方。

不過就只此一眼，溫妮雅已有種魂不附體的感覺，直覺比面對人狼王、屍邪鬼可怕得多，當然她不知道連屍邪鬼也不敢單人匹馬對付他古。

但是有時候，知道與不知道又有什麼分別呢？

命運就是如此安排，當她決定來找喬亞的一刻開始，與他古惡戰的契機就已經埋下了，無論她多不願意，現在在她面前的就是他古，一頭連「八大惡」也不敢面對的異獸。

「快逃！」

一把熟悉的聲音再次響起，溫妮雅還未弄清聲音來自何方，巨大的黑影已經從天而降，劈向她所在之處。

她才往旁閃開，他古的觸鬚已打在牆上，發出隆然巨響。

溫妮雅感到整個山洞搖了搖，似乎會隨時塌下來。

不過，當下不是細想的時候，他古的另一條觸鬚也向她揮動過來。

她拿起黑龍劍擋格，竟然被打得飛了起來。虎口傳來劇痛，溫妮雅未來得及反應，黑色的巨影已出現在頭頂，拍得她跌在地上。

溫妮雅落地後不理會傷勢，往旁疾走。

當前形勢已經不容她細想，他古的速度和力量都超乎她的預期，只一個照面，她已經受傷了。

她渾身疼痛，如果不是還能奔跑，她還以為自己的骨頭全部碎裂，肌肉遭一塊又一塊撕開。

——逃！

——果然只有逃！

她下定主意，就一直一直向前跑，向旁閃。

她忽然慶幸自己穿了魚鱗甲，否則可能已被他古一下子擊斃了。她當然不知道他古是從她身上戰甲反光的部位察覺到她的存在。

世事就是如此，幫你的，可能就是當初害你的。

溫妮雅已察覺自己傷勢不輕，輕咳了一聲，乘勢把小水包吐至口腔。

連美依也可能猜不到，她這麼快就要運用第四件法寶。

「讓牠放下戒心後才可以使用。」

溫妮雅想起美依的叮囑，動作竟然遲緩了下來，被觸鬚打得落在一個水窪之上。她按著左腰，這次是真的，應該有兩條肋骨被打斷了。

她勉強用黑龍劍支撐身體，不讓自己倒下來。

他古看見她受了傷，反而不著急，慢慢移動身體。

溫妮雅的目光落在他古身後的水池，那是通往海裡的唯一通道。他古雖然是海中霸王，但在陸上似乎也行動自如，現在為今之計，就只有逃進水裡，利用手鐲的能力，暫時逃去安全的地方。

他古似乎知道她的心思，巨大的身軀竟然擋著她的眼光。

——這傢伙太聰明了，詐死能騙倒牠嗎？

想著，他古又揮來觸鬚，這一次打得溫妮雅連黑龍劍也拿不穩，整個人撞到牆上。

黑龍劍、手鐲和魚鱗甲都幫不到她了，最後寄望就是那小水包。

——水？

——如果我的「精靈法則」管用，就不會被這傢伙為所欲為，而且也可以幫助喬亞，上天，為什麼你這麼不公平，人魚族天生就懂得運用「活水」，我練了這麼久卻運用不來。

委屈和不忿佔據了溫妮雅整副心思，精神到達了前所未有的萎靡。她咬破小水包，極酸的水流了出來。

她感到口腔麻痺，身上的力量也在剎那間統統被抽掉。

——怎會這樣子呢？不是說能增強我的能力嗎？

——她為什麼要騙我呢？

溫妮雅倒在地上，右手往水池的方向伸去。

「水呀！我要進去！」

她已經站不起來，只能慢慢地爬向水池，非常難看。

他古知道她已經沒有任何力量，揮動觸鬚，往她拍過去。

「砰」的一聲，地面裂開，卻不見了溫妮雅的身子。

他古瞪大雙眼，難以置信地舉起觸鬚，仔細看了一遍。

在牠眼內，溫妮雅像突然消失了，地上除了她的一身鱗甲和衣服外，就再沒有其他。這在他古一生之中，是從未遇過的事，牠遇到過不同的「活水」，但就沒有見過任何生物可以在牠眼底下消失。牠捲起鱗甲，把它擲到牆邊，卻完全找不到溫妮雅。

牠覺得被玩弄了，感到忿恨，不住揮舞觸鬚，拍打四周牆壁。一塊巨大的金屬牆板連著鐵枝自半空跌下來，砰的一聲，落在地上。牠徹底失去了理性，眼裡容不下任何生物。

生物？還有嗎？

他古不知道還有沒有生物存在，牠只知道剛才溫妮雅伏下的地上，慢慢現出她的身影，但說也奇怪，那身影竟然是全藍的，細看之下，竟然看見水的流動。

沒錯，溫妮雅不是消失了，而是化成了水。

她的意識也漸漸恢復過來，慢慢地看見眼前的景象，每條他古揮來的觸鬚她都看得清清楚楚，卻就是沒法閃避。

砰砰之聲不絕，她覺得身體被打得粉碎、扭曲，可是完全感覺不到痛楚。

若非她低頭看見自己湛藍的身子，還以為自己變成了靈魂。

——我為什麼變成這個樣子呢？是那些藥的作用嗎？

溫妮雅知道現在不是深究的時候，想遞起雙手結成術式，可是使不上力；她也想開口唸術語，然而她連張嘴的力也沒有。她的身體雖然起了變化，化身為水，可是除了成為他古的發洩對象之外，沒有半分用途。

他古比溫妮雅更沮喪，牠不斷揮動觸鬚，可是就是沒法打倒眼前的生物。溫妮雅的身子消散後很快又復原過來，就像每一條江每一道河，川流不息，永不消散。但牠沒有放棄，仍然不住攻擊。

攻擊，攻擊，再攻擊。

復原，復原，再復原。

模式一直持續下去，直至到溫妮雅突然感到痛楚，平地飛起……

第二十四章　黑龍再現

她抬頭望去，
只見一頭黑色異獸站在自己的身前，
抬起雙手，把他古的身體擋著。

習武之人最先要練什麼？當然是基本功，而且是越沉悶越有效益越需要苦練，像克遜刀法如神，是每天揮刀過萬次的成果。

進攻的基本功自然人人明白當中的好處，但有一種基本功是很多人忽略，就是如何避免受傷。人類的身體無論練得多強壯，「法術勢」運用得如何嫻熟，都無可避免會受傷。

溫妮雅自幼就練習如何令重傷變成輕傷，輕傷歸零，因此當她被他古打得飛起來的時候，身子立即縮起來，盡量保護頭部。

她雖然被打飛起來，可是臉上卻露出驚喜之色，她終於可以控制身體，而且剛才那些傷竟然完全康復過來，身上再沒有半分痛楚。

她大喜，落地即滾過一旁。

他古見有成果，打得起勁，不住揮動觸鬚，追打著溫妮雅。

溫妮雅失卻先機，只能往旁滾開。

突然，溫妮雅感到地面劇震，一條觸鬚破土再出，把她轟上半空。

她乘勢飛了起來，往牆上飛躍過來，攀附在牆上。

他古見獵物逃脫，竟然沒有生氣，觸鬚反而向自己身體靠攏過去。

溫妮雅頓時升起不祥的預感，果然她連氣也未喘定，就看見他古的巨大頭頂往她自己碰撞過來。

他古身為海中霸王，不但在陸上行走自如，還可以彈跳起來，嚇得溫妮雅臉色慘白。

砰，他古撞在牆上，整個山洞搖動了幾下，可見撞擊力度之猛。

幸好溫妮雅及時鬆開雙手，自半空跌下來，才不至於被他古撞斃。

不過他古的力度實在太猛烈，把洞頂的鐵枝、石頭都撞了下來，如雨般落在洞穴之內。

溫妮雅落在地上，立即往旁避開，卻始終慢了一步，被一巨石打在右腿上，喀裂一聲，腿骨折斷，痛得跪了下來。

她看了看雙手，膚色藍中帶灰啡，漸次恢復膚色，難怪會被他古打飛，以及被巨石所傷。

他古自半空跌下來，往她的身上壓過去。

溫妮雅抬頭看著他古的身影越來越接近，只好期求自己再變回藍水。

但奇跡顯然沒有發生，她的身體沒有再變換過來，她也沒法再運用任何「法術勢」。

「對不起，喬亞，來生再見！」

溫妮雅閉上雙眼，迎接生命的最後一刻。

——三、二、一……

她唸完之後，卻發現自己沒有死去。

她抬頭望去，只見一頭黑色異獸站在自己的身前，抬起雙手，把他古的身體擋著。

「黑龍，你終於出來了。」

溫妮雅説完，一口氣換不過來，就要暈倒過去。

「牠當然肯出來，因為有我在。」

溫妮雅滿臉震驚，不敢相信他竟然與黑龍同時出現，也確實只有他在，才可呼喚出黑龍。

他走了過來，脱下外衣，包裹著溫妮雅的身子。

「你怎會在此？」溫妮雅伸手摸著他的臉頰，有種恍如隔世的感覺。

「別說話，我替你拿走大石。」他說完，黑龍立時變回黑龍劍，接著幾頭黑色猴子自黑龍劍跳了出來，搬走了壓在溫妮雅身上的大石。

能夠召喚出黑龍，又可以製造出黑色猴子，不是喬亞又會是誰呢？

「不要理會我，你要小心他古。」

「不用擔心，我妹妹在，誰也傷害不到你。」是一把久違了的女聲。

溫妮雅喜出望外，難以置信地說：「怎會是你，你怎麼沒有死？我是不是做夢，還是這裡是天國？」

「你們人類真的很軟弱。」那女聲又說。

溫妮雅雖然被揶揄，卻笑臉盈盈，這語氣，果然是她。沒錯，她就是在溫妮雅眼底被黑龍劍斬殺，化成了黑煙的真由。

「你妹妹也沒有事？」

「你自己看吧！」真由說。

溫妮雅放眼一看，只見他古身前站著一位紅彤彤的長髮人魚，不是真由的妹妹真魚又會是誰呢？陽光自洞口照射下來，照得她一身泛著炫目的光芒。

「你忘記了我嗎？」

真魚雙手高舉，一個比他古還巨大的水球在半空凝聚。

他古看著水球，勾起了慘痛的回憶，不敢再造次，靜靜地退回水中。

「真好！你們都沒事……我醒來再跟你算帳……」雨過天晴，溫妮雅把頭靠在喬亞的胸前，安心地休息。

——是天堂，是地獄，還是人間，我們要永遠在一起！

溫妮雅再次於醒過來，身處同樣白色的房間，這次卻令她甚覺欣喜。當然房間的佈置沒有奇跡地變好，只是房內多了一個人。

他就坐在床邊的椅子上，闔上眼靜靜地休息。

她坐了起來，仔細地看著這張久違了的臉孔。

她伸手遞到他的臉上，來回勾勒他的臉形，卻沒有真的撫摸下去。

這張令她魂牽夢繞的臉，就在她的眼前，是那麼真實，卻又那麼不真實。

百感交雜，她的右眼竟然忍不住流下淚來。

「你哭了？」他突然張開眼睛。

「沒有。」她轉過頭來，不讓他看到臉上的眼淚。

「你的腳還痛嗎？」

「不痛。」她著實感到疼痛，不過她並不想向對方示弱。

「她們說，你再變成水的話，身體就能夠痊癒。」他說。

「是嗎？」她又說，「你看見我變成水嗎？」

「看見，什麼都看見，從你跟屍邪鬼戰鬥開始，到你前往水都、與他古作戰，我一直都在『看著』。」

「看著……」她欲言又止，她了解他，如果他當時在場，他一定會出來阻止屍邪鬼、對付他古，但他沒有，顯然是不便出手，多於不肯出手，到底他當時在哪裡呢？

他微微點頭，揭起上衣。

「你……」當她看見他胸前的傷口，那深深的疤痕，就知道一切話都不用說了。那是一道可以致命的痕疤，位於胸口的正中央。

「是屍邪鬼所為嗎？」

「是我自己。」

「為什麼？」

他呼了口氣，徐徐說出當天發生的事。

黑龍確實是召喚出來，不過我身上的傷實在太嚴重，血一直在流。我只是想維持意識也難，根本沒法與黑龍同步。

黑龍沒有了我的幫助，只能本能地攻擊屍邪鬼。

聖獸、動物雖然有能力，但怎及得上會思考的傢伙，人類好，「八大惡」好，他們之所以可怕，就是因為懂得思考。

看著黑龍被打得越來越厲害，我越感到後悔。

後悔為什麼要召喚牠出來受苦，牠又真是，我早說過打不過就逃走，但牠不肯。

我的體力根本沒法再支撐下去，感到眼皮很重。

突然在這個時候，我聽到一把聲音說：「怎麼兩次看到你，你也是倒在地上呢？」

我微微睜開眼，看見一張熟悉的臉，我以為是你，定定神，才記起是那位看不起我們的紅髮少女——真魚。她乘著屍邪鬼分神對付黑龍之際，偷偷地走到我的身旁。

我已經沒有力氣跟她說話，再次閉上雙眼。

接著，我的身子被扶起了，被她帶著逃走。

我不放心黑龍，轉頭望去，只見牠突然飛了起來，把頭撞向屍邪鬼。

屍邪鬼那傢伙不像端芮，雖然有不死身，但也會受傷，只好往後跳開。

黑龍連忙變招，抱著他，往天上飛去。

我立時明白黑龍想做什麼，牠要帶屍邪鬼飛往天上，再一起撞向地面。牠真的是被我感染了，竟然用這種不要命的打法。

我不想牠犧牲，口中唸起術語，希望與黑龍同步。

可是我傷得實在太重，什麼也做不到，眼睜睜地看著牠與屍邪鬼撞向地面。

很沉重的一記巨響，黑龍受的傷不比我輕，悶哼了一聲，倒在地上。

屍邪鬼也不好受，發出了呻吟的聲音。

這時候，真魚突然說：「我來收拾他。」

說完，我感到地面在震動，我知道她又再次召喚附近的水。

她的能力應該比師姐高，不一會兒，我感到澎湃的水就在腳下移動，一直湧向屍邪鬼。

屍邪鬼料不到真魚就在附近，被殺個措手不及，被那些水撞向了山壁，撞得倒地不起。

真魚放下了我，走向屍邪鬼。

我隱隱約約覺得不妥，可是偏偏不能夠說話。

她確實了得，不過始終入世未深。

真魚走近屍邪鬼，說了幾句話。

屍邪鬼垂著頭沒有反抗，似乎不堪於巨浪的衝擊。

真魚回身走向我，料不到一黑色物體自背後穿出。

她臉色一變，低頭看著黑色的劍尖。

我們都太大意，完全沒有意會到黑龍已經變回劍，還落在屍邪鬼手中。

我怎可以讓黑龍成為殺人凶器，但我已經無能為力，只能眼睜睜看著她被殺。

突然，我感到身下湧起巨浪。她竟然在重傷之下，還可以呼喚巨浪，有這份能耐的她難怪能輕視人類。

我沒來得及閃避，已經身陷巨浪之中。突然一隻手把我摟住，是她，竟然是真魚。

我覺得有點兒不對勁，偏頭看一看她，就看到她臉上長了一片又一片魚鱗。她竟然是魚？

她帶著我，一直一直游，終於停了下來。

「他真狡猾，希望姐姐能及時趕過來。你這是什麼眼神，若不是追蹤那蚊子，我又怎會離開姐姐呢？」不知道是受了重傷，還是正值盛怒，她的臉色顯得特別蒼白。

我恍然，終於明白她為什麼會突然出現，也不得不佩服她的能力，她竟然可以發現這麼細小的蚊子。

當時我們都不知道真由竟然遇上人狼王，還被他打得這麼傷。

「納西斯只要吸食過生命能量，就可以恢復過來。看看我們三個，誰復原得比較快。」真魚說完，把身子浸在一個自製的小水池之內，看來她在水中復原得比較好。

我知道自己一時三刻康復不來，閉上雙眼，希望與黑龍劍取得聯繫。我不期望可以再召喚出黑龍，但以我跟黑龍這麼多年的交情，應該可以知道牠的位置。屍邪鬼帶著黑龍劍，無疑是讓我知道他在何方。

「我的傷勢不輕，要到日出後才可以走動。」

我心裡咒罵，既然如此，就不要再說話。

「如果我們在密封的地方，就可以把納西斯困著，甚至壓至他昏迷，可惜這裡是荒山野嶺，我只能把他撞向山壁、大樹，用衝擊力弄傷他。如果姐姐在的話，就能夠用我的『活水』去製造不同的武器。」

我不明白她的意思，她續說：「如果他來了，我未復原，又或姐姐找不到我們，我就把我們沖到河裡。」

她脫下手中的手鐲，遞到我的面前。

「這是我們人魚族的法寶，你戴著它，就可以擁有在水中暢泳的能力。納西斯比起雷克蘭差勁的地方，就是不懂得游泳，他追不到你的。」

溫妮雅聽到這裡，揚揚左手，露出跟喬亞左手相似的手鐲。

喬亞說：「我知道這是真由的手鐲，沒有它，你也不可能在水中過了幾天幾夜。」

溫妮雅續說：「後來你們怎樣呢？」

喬亞呼了口氣，說：「你應該知道，我們沒有遇上真由，真魚也沒有一下子康復過來。我們碰到最壞的第三個情況，屍邪鬼吸食了大量生命能量後，完全康復過來。」

溫妮雅猜測：「然後你們都受了重傷，只能四處逃避？」

喬亞搖首：「你們遇上屍邪鬼的時候，我們就在現場。」

溫妮雅驚訝：「你們當時在……」

喬亞點點頭，說：「就像真由消失一樣，我和真魚被砍傷後，都化成黑煙，被黑龍劍吸了進去。」

「吸了進去？那一幕我沒有看到，我還以為真由化成黑煙，飛到天上了。」溫妮雅又說，「你們已經成為黑龍的一部分嗎？」

「當然不是。」喬亞張開右手，一隻黑蝴蝶飛了出來，到了溫妮雅的頭上，像個頭飾，伏了下來。

溫妮雅知道他是想表示仍然有能耐製造出動物，是獨立於黑龍的個體。

「我記起了。」溫妮雅說，「我有時候聽到一把聲音叮囑我，是你嗎？」

「也可能是黑龍。」喬亞說，「只有被牠認可的人，才可以聽到牠的話。」

溫妮雅心裡一甜，說：「還有那一次屍邪鬼想用黑龍劍割傷我，是你，還是黑龍阻止了他呢？」

「都應該是黑龍吧！」喬亞別過了臉，沒有看著她的眼睛。

溫妮雅心下笑了一笑，喬亞確實很強、很可靠，但就是很容易被人看穿，提醒她的、阻止黑龍劍傷害她的，絕對是喬亞本人。她心頭一熱，說：「謝謝你。」

「那不是我……」喬亞錯愕之際，溫妮雅卻把頭貼在他的胸前。

喬亞感到胸口有陣灼熱，不知道該如何做才好。他的目光掠過黑龍劍，如果有得選擇，他真想再次躲在劍內。

「應承我一件事。」溫妮雅抬頭看著喬亞。

喬亞被她看得有點不好意思，說：「是什麼事？」

「下一次，不要讓我離開。」溫妮雅說。

喬亞心頭一震，覺得當下比面對人狼王、屍邪鬼還要艱難，只想急急完結這話題：「我不是已經從劍內走了出來救你嗎？」

溫妮雅暗想他如此說，已經是他最大的極限，不想再糾纏下去，改為說：「既然你們可以躲在劍內，為什麼不把我一起吸進去呢？你是否只喜歡跟她倆姐妹在一起？」

喬亞茫然說：「如果有能力，我會阻止黑龍劍傷害任何人。其實到這一刻，我也不清楚為什麼被吸進劍內。」

「你不問問黑龍？」

「這是好方法，待我們離開水都就去試試。」

「我們要離開？」

「當然，我還要教訓納西斯那傢伙。」

「你知道納西斯這名字？那麼知道了人魚族和他們的瓜葛嗎？而且人魚族為什麼如此鄙視人類呢？」

「我在劍中養傷的時候，真魚她們告訴了我少許。等你康復後，我們再去問美依婆婆。」

溫妮雅「噗哧」一聲，說：「你竟然稱呼她為婆婆？」

「他們人魚族的壽命比我們長，別看真由他們仨姐弟這麼年青，他們都活了四十多年，比我們年長二十歲。」

溫妮雅瞪大雙眼，難以置信稚氣未脫的真雄竟然比自己老。

「他們平均活到二百多歲，差不多是我們的三倍。那美依婆婆應該活上百年。」

「這真的很不公平。」

「每種生物的生命周期不一樣，蝴蝶是一季，貓是十八年，人類是八十載，人魚是兩百，像屍邪鬼、人狼王則已經活上了千年萬年。」

「千年？萬年？」溫妮雅感到有點頭昏腦脹，對於上千年的壽命顯得完全沒有概念。

「不過他們活上千年，卻要付上代價，就是沒有後代，像屍邪鬼，活了這麼長的日子也只得他一個；人狼王較好，有狼結伴，不過狼的壽命不會超過二十年，他一生中真的不知道目睹了多少狼隻死亡。」

溫妮雅呼了口氣，暗想喬亞的話不無道理，竟然有點同情他倆。

「你再休息一陣子，稍後我們去找美依婆婆問清楚。」

第二十五章　叛徒

我們都曾經被人類豢養，
受盡虐待，於是大家合謀逃走，
但我們的祖先卻突然叛變，洩露了逃走路線，
令人類可以圍捕大家。

凡事都應該有「真相」，至於你接不接受，相不相信，就是另外的事。

美依確實依照承諾，在溫妮雅平安回來後，就把她所知道的事告訴溫妮雅。

美依看見喬亞、溫妮雅二人走到駕駛艙找她，就知道今天無可避免要提大家都不願相信的事。

這個駕駛艙在白船的最頂層，除了船舵、指南針外，還有很多用途不明的零件。溫妮雅早已明白人魚族的技術比人類優勝得多，也不覺得訝異。她看了看喬亞一眼，發現他也很平靜。

「這艘船已經沒有用了，只是一個遺跡，或者應該說水都的一切都是祖先留給我們的，隨著我們適應了海裡的生活，很多東西都只是擺放著。我們已經沒有這艘船的開動方法。」美依先打開話題。

「不是用風力嗎？」溫妮雅問完也覺得自己白問，這艘船連一支桅桿也沒有，又何來舉帆呢？而且這裡是海底，何來風力呢？

「我們族也活了過萬年，很多事都不知曉。」

「過萬年？」

「你們人類也是，或許說得坦白點，沒有人類，就沒有我們，以及你們口中的『八大惡』。」

「你們也是『八大惡』之一嗎？」溫妮雅問。

「什麼『八大惡』，你們人類才是最大的惡，真沒有禮貌。」

溫妮雅聽出是真雄的聲音，回頭就看見真魚、真雄兩姐弟。

「真雄，這只不過是個稱呼而已。」美依說。

「對不起。」溫妮雅說，「你們祖先是排行第五嗎？」

美依點點頭：「我不知你們的說法是怎樣，人類最早將我們排名依次是德古拉、曼陀羅、雷克蘭、納西斯、阿塔加蒂、猶達、艾基特林和唐靈，阿塔加蒂就是我們的祖先，亦即是你們口中的人魚。」

「你們為什麼要囚禁雷克蘭、納西斯呢？」喬亞問。

美依好奇地看著真魚，問：「你沒有告訴他嗎？」

「這傢伙在劍內大部分時間都昏迷，一醒來就只想衝出去救聖潔妹妹。」真魚揚揚眉，向著溫妮雅說，「他看見你被打，心裡挺著急。如果不是我先他一步，他或許已經把他古分屍了。」

溫妮雅心裡一甜，不過暗想這是什麼時候，竟然在說這個話題。

美依不理會他們，續說：「在我們世代相傳的祖先遺訓裡，這是祖先留下來的命令，我們不敢違背，只好執行，一執行就成千上萬年，直至幾個月前才被他們逃脫。」

「他們包括吸血魔？」喬亞續問。

美依點點頭，說：「沒錯，除德古拉外，我們還囚禁了雷克蘭、納西斯和艾基特林，祖先遺訓叮囑我們不能讓牠們回到地上，否則人魚族也會滅亡。」

「為什麼會滅亡呢？」

「遺訓沒有說什麼，但我們人魚族都相信祖先的遺訓，因此才派出追捕隊伍，可惜他們一旦到了陸上，能力就完全恢復過來，連我們最強的勇士也沒法對付他們。」

「姐姐只是大意。」真雄反駁說。

美依看了真雄一眼，續說：「現在看來，如果他們四個集合在一起，真的有可能消滅人魚族，以報上這麼多年被囚禁之恨。」

「你們祖先為什麼會死？」喬亞問。

美依搖頭，説：「我們也不知道，在其他傳説裡，祖先活了近五百年，覺得很寂寞，在生下幾名子女，説下遺訓後，就死去。因此誰也不知道我們族從何而來，技術為什麼如此發達。」

「這實在太神奇了。」溫妮雅説。

「你們相信嗎？」喬亞進一步問。

「為什麼不相信呢？」真雄反問。

喬亞沒有理會他，目光落在美依的臉上。

「人類果然很聰明，依我的推斷，我們的祖先在捕捉了他們後，就建立起水都，用以與外界隔絕。本來我們的技術很進步，不過隨著時日的推移，而且我們本身懂得『活水』，慢慢地忘記了大部分技術。」美依指了指窗外圓拱的天頂，又説，「我們根本不知道如何運作這天幕，也再不能開動這白船。」

「這真可惜。」溫妮雅説。

「或許吧！」美依説。

「這沒有什麼可惜不可惜。」喬亞又説，「這是選擇的結果，你們選擇了『活水』，意味著不需用技術。你們現在不是活得很不錯嗎？」

溫妮雅對於喬亞這論調，早已習慣。但真魚、真雄還是首次聽到這種說法，眼內同時流露出既訝異又佩服的神情，美依也點點頭，說：「你的說法可能更合情理。」

「我還有一個問題，就是你們為什麼這麼討厭人類？」喬亞問。

美依長長吁了口氣，似乎不想說下去。

真魚說：「這也是祖先的遺訓，人類是一切邪惡的源頭，必須遠離，這或許是我們深居海底的原因。」

溫妮雅訝異地說：「你們怎可以相信呢？我和喬亞不是已經證明了一切嗎？」

美依續說：「你們或許是異數，肯為了其他生命去付出所有，不過我們沒有天真得只相信遺訓，而是從雷克蘭、納西斯他們的話得出來的結論。」

「是什麼話？」溫妮雅問。

「就是說我們族是叛徒。」美依說。

「叛徒？」喬亞說。

「沒錯，」美依頷首，續說，「綜合他們的話，我們都曾經被人類豢養，受盡虐待，於是大家合謀逃走，但我們的祖先卻突然叛變，洩露了逃走路線，令人類可以圍捕大家。最後不知怎地，就演變成祖先獲得人類的認同，取得了居住海裡的權利，並且負責囚禁德古拉他們。」

喬亞問：「雷克蘭他們沒有說謊嗎？」

「你沒有聽過一個謊言說幾遍就成為真話嗎？」美依說。

溫妮雅皺眉，暗想這句話不是這個意思吧。

美依續說：「我們不是笨到分不清真假，如果單是雷克蘭的話，我們不大相信，但連納西斯、艾基特林都如此說，而他們被囚禁的地方相隔數千里，不可能約定說謊。」

溫妮雅恍然，原來是這回事。

「我雖然不想相信，但我們的祖先看來是叛徒的機會很大。」美依總結說：「同樣的理由，我們曾經被人類豢養的機會也不少。」

「人類真有這麼大的能耐嗎？」溫妮雅說著「人類」一詞，忽然覺得有點不真實的感覺，明明在說自己的同類，但現在好像說外人一樣。

「我們也不知道，實在太久遠了。我們祖先好，你們祖先也好，都活得不長久。只有那幾個不死身才活到今天，他們縱使說謊，也有一定的參考價值。」

「他們真的不會死嗎？」喬亞問。

「如果能夠殺死他們，祖先可能已經做了。」美依說，「我們真沒有用，現在連捉住他們也無能為力。」

真魚罕有地說：「對不起，是我沒有跟姐姐好好合作。」

美依搖首說：「不，是他們太強大。果然到了陸地上，我們沒有對付他們的能耐。」

真魚沒有再說下去，美依的話確實是事實，如果在水裡，她不但可以生出無限的水，而且那些水更能把對方擠壓，壓得對方喘不過氣，否則她也敵不過他古這海中霸王。不過，當到了陸地上，她就不能讓水聚在一起，只能把水化成浪，衝向對方，雖然看上去甚有威勢，但對於身體異常強壯的雷克蘭、不死身的納西斯，都是沒有作為。

——怎樣可以令陸地密封呢？

這是真魚自從被吸進黑龍劍後，不斷在想的事，沒法發揮地利，她的「倍化」，也不過是徒具威勢。

她的目光忽然落到喬亞的身上，如果懂得「活水」的是眼前這傲慢的傢伙，他會怎樣利用呢？

喬亞感到她的目光，轉頭瞄了她一眼，又問：「除了你們祖先，和那四位陛下囚外，『八大惡』其餘三位在哪裡呢？」

「我們也不知道。祖先的遺訓沒有說起他們，雷克蘭他們也甚少提及他們仨，我們只能憑他們的罵聲中，隱隱約約知道還有三位。至於他們是否一樣擁有不死身，就不得而知。」

「我猜測他們不在王都之內，如果他們在，沒有可能沒有蹤影的，像德古拉、雷克蘭，他們只逃走幾個月，已經遇上我們。」喬亞又問，「這個世界上有多少像王都的國土呢？」

美依說：「應該有七塊，但像你們身處的大陸般巨大，擁有四個王國，只此一家。其他大陸有些連國家的概念也沒有。」

喬亞低頭沉思，不知道在想什麼。

真魚問：「你想到什麼？」

「我想不到什麼，如果我師姐在此，應該可以推測到一點事出來。」喬亞說。

「那麼我們去找她。」真魚爽快地說。

「真魚……」美依說：「你又想到陸地，還不怕嗎？」

真魚托著腮子，說：「知道了。」

溫妮雅看在眼裡，想起了喬亞、真魚曾經被一同吸進黑龍劍之內，心裡一實，不期然想到：

——被黑龍劍吸進去是怎麼一回事？

——真有劍內的世界嗎？

——抑或他們只是黏附在劍身？

——怎麼我胸口這麼不舒服呢？

——是什麼一回事呢？

「你身體沒有異樣嗎？」

美依的話打亂了溫妮雅的胡思亂想。

「只是腳仍有點痛。」溫妮雅又問，「是那些藥令到我變成水嗎？」

美依搖頭：「那些藥只是提高你的集中力，沒有變成水的藥效。我們在『水之鏡』內看到你變成水也大吃一驚，還以為這是你們人類的技能。」

「我不會這種技能。」溫妮雅的眼波投在喬亞的臉上。

喬亞不解其意，溫妮雅續說：「你師姐會這種『精靈法則』嗎？」

「我沒有見過這種技法。」喬亞說。

溫妮雅猜測：「是否那些『活水』在我體內起了作用呢？」

美依訝異地看著溫妮雅，說：「我從沒有想過是這麼一回事，因此不能證實。除非……」

「我再服下嗎？」溫妮雅說。

「但是，這是頗危險的事。」美依說。

「我不是已經喝過真雄的糖水和苦水嗎？」溫妮雅說。

真雄搶著說：「我的水本來就是調整出來讓人喝的，師父那些『黏水』是用來替大家黏縫傷口、接駁手腳。我們從來沒有飲過那些『黏水』，試想想若它在肚中仍然維持黏性，是何等可怕呢？」

溫妮雅確實聽得雞皮疙瘩，但若要找出真相，就只有如此一試。

美依說：「你真的想試嗎？」

溫妮雅看了看喬亞，堅定地點點頭。

美依呼了口氣，說：「待你痊癒後才試。」

「這艘白船真的很熱鬧。」

美依、真魚聽到來人的話，對望一眼，都露出疑惑的表情。

真雄立即敬了個禮，說：「族長，你怎會來了呢？」

「我是來看看我們的大恩人。」族長在利德、信馬的陪同下，走了進來。

「什麼大恩人？」溫妮雅問。

「當然是你們兩位。若非你們奮不顧身，也救不回真由、真魚兩姐妹，她們的『活水』是我們對抗強敵的重要武器。」

「你們現在應該相信我的話吧？」溫妮雅說。

「我們在真由口中知道整件事的來龍去脈……當然也知道你倆的能耐。」族長又說。

溫妮雅鬆了口氣，美依則接著說：「族長很少來我的治療船，不知道今天親自前來，有什麼打算呢？」

「是來醫病。」族長說。

「族長臉色紅潤、雙眼碧中偏藍、呼吸舒暢，不像生病。」美依說。

族長指了指心房，美依已隱約猜到是什麼一回事，說：「是心病麼？我開點藥讓你回去休息吧。」

族長卻搖頭說：「美依，你不要裝傻了，我只希望他們能夠幫我捉一條人魚回來。」

「人魚？」喬亞、溫妮雅異口同聲說。

美依、真雄臉色同時一沉，真魚也皺了皺眉，顯然族長所說的事，並非一件簡單的事。

「你們沒有聽錯，確實是人魚，是我們的族人。」族長說。

溫妮雅立時想起那張空椅子，美依他們口中的「那傢伙」。

喬亞說：「我們不是懷疑你的話，但捉人魚不是你們更拿手嗎？在水中，你們的

『活水』應該能夠起更大的作用吧！」

族長看了看信馬，信馬續說：「那人魚可能已經到了陸上生活。在陸上，我們或許可以對付他，但絕對應付不了德古拉他們。」

喬亞隱隱約約知道是什麼一回事，說：「是他放走德古拉他們嗎？」

族長臉色一變，目光落在美依的臉上。

美依聳聳肩，說：「我沒有提到他。」

「這件事很容易猜到，我不知道你們的傳說是真是假，但可以肯定的是你們囚禁了德古拉他們至少十數代，過百、過千年，甚至上萬年的時間。在這麼長的日子裡，他們都沒有逃出去，顯然是他們沒有辦法逃走吧！」喬亞又說：「而那人魚竟然跟德古拉他們在一起，只有兩個原因。第一，是他放走德古拉；第二，他是人質。但族長剛才是用『捉』這字，而非找回，顯然這人魚是犯了事。兩個答案合併在一起，那人魚放走德古拉他們的成數很高。」

族長點點頭，說：「你猜得不錯，看來找你們是正確的決定。」

喬亞挺挺胸，說：「我不知道你是否找對人，不過我們確實有找到德古拉的方法。」

溫妮雅想起端芮，他與屍邪鬼一戰的戰果如何呢？他會否被屍邪鬼吞食了呢？假如沒有遇上屍邪鬼、人狼王，他們應該已經跟端芮去尋找真正的吸血魔。溫妮雅有種想法，命運走了一圈，又回到正軌上。不過經歷這麼多事後，整件事又跟早前不相同了。

他們要面對的不單有吸血魔，還有人狼王、屍邪鬼等，單憑他們二人，甚或加上克遜王子、哥哥他們，也未必是對手。

「我可以答應你們的要求，但有一個條件。」喬亞說。

「是什麼條件？」族長說。

「就是你們必須派員同行。」喬亞說。

「絕對沒有問題。」族長的目光落在利德的臉上。

利德即說：「我安排，你需要多少人魚？」

喬亞還沒有說話，真魚已搶著說：「我要去。」

溫妮雅看著真魚，真魚也揚揚眉，迎上了對方的眼波。

「但你的傷勢……」美依說。

真魚眨眨眼，攤開右手，大家尚未明白是什麼一回事，整隻白船卻劇烈地搖晃起來。

真雄立即跑到窗邊，大叫：「我們浮了起來。」

溫妮雅不看也知道是什麼一回事，真魚一定是利用她的「活水」，把整艘龐大的白船浮起來，這份能耐，相信連「水之精靈使」阿芙拉也未必可以在一時三刻做到。

「放心，捉雷克蘭的任務仍然繼續。」族長說，「秀政小隊回來了嗎？」

利德搖頭，說：「派出去的小隊只有真由這一隊回來了。」

族長皺眉說：「我們要留下人手保護水都，除了真魚、真由外，你可以再挑選一名族民。」

真雄聽著，挺了挺胸。

「你們選吧！」喬亞淡淡地說，「在出發前，我還有一個地方要去。」

第二十六章　報應

我們的祖先曾經出賣過德古拉他們，
到了我們這一代，終於要還了，
不但紀康出賣了我們，
還要活在德古拉他們的陰影下。

「你要去哪裡？」

大家都露出訝異之色。

「就是囚禁德古拉他們的地方。」喬亞說。

「那地方已經荒廢了，我們連看守的人員也撤離了，沒有什麼值得去看。」信馬說。

「信馬叔叔，他是想看看囚禁的環境，了解是什麼原因令到德古拉一直逃不出去，說不定可以從中發現德古拉的弱點。」真魚說，「若是如此，有個地方你不用去了。」

喬亞、溫妮雅一起露出留心的神情，真魚續說：「就是囚禁納西斯的地方，亦即是他古的居所。」

「納西斯曾經在山洞中？但那兒沒有囚禁的地方。」溫妮雅回憶起洞內的環境。

美依說：「納西斯一直被囚禁在山洞的最下層，他古和他的家人世世代代在那裡居住。納西斯要逃出來，就要先過他們的關。我們猜想納西斯不擅泳，因此一直以來也逃不掉。直至他幫助引開他古一族，納西斯才能夠逃走。」

「獄卒沒有發現嗎？」溫妮雅好奇地問。

「說來實在慚愧，『他』本來是四大長老之一，負責牢務，看守德古拉他們是他一直以來的責任。」信馬說。

「他不但是叛徒，也監守自盜，難怪你們不肯饒過他。」喬亞說。

「那傢伙知道水都、族內太多事，如果他跟德古拉合作，我們族未必能夠守得很久。」信馬又說。

溫妮雅暗想人魚族都懂得「活水」，與德古拉、雷克蘭他們鬥起來，未必落入下風。

「德古拉的唾液不但能夠控制人類，還可以讓被控制的人類力量變得極大，近乎擁有不死身。」美依說，「可惜我一直找不到解毒方法。」

「『他』會否曾經被德古拉咬過呢？」喬亞說。

「那種唾液只對人類有影響，否則不要說我們族，連海中霸王也有可能被他控制。」美依續說。

「雷克蘭可以控制狼群，納西斯可以不斷吞食海洋裡的生命，艾基特林的毒力可以一觸即死。如果他們有方法到達水都的話，你們可以想像我們族的慘況吧！」信馬解釋說。

「他們應該逃出去很久，為什麼還不前來呢？你們會否過慮呢？被困了這麼多年，心態都可能改變了！」溫妮雅說。

「你的話不無道理，但是有『他』存在，整件事就變得挺複雜。」信馬的眼波落在美依的臉上，似乎那個他跟美依非常熟稔。

「他有什麼能力呢？」喬亞問。

人魚族，包括一向高傲的真魚也突然臉色一沉，看來他的能力是非比尋常。

「是『無』。」美依呼了口氣，說，「能夠把我們一切『活水』歸於無。」

「『無』？」溫妮雅說。

「簡單來說，就是讓我們的能力產生不到效果。」美依說。

「他叫什麼名字？」喬亞問。

「紀康，曾經是我的未婚夫。」美依說。

喬亞說：「他一次過放走德古拉他們嗎？」

信馬說：「不是。他是陸續放走，不過由於他是負責牢務，我們一直不相信是他所為。他不斷信誓旦旦說會負責任，我們也陸續派出追捕隊，直至他與德古拉一同離開，我們才知道發生什麼事。」

真魚說：「我們是負責追捕雷克蘭，另有兩隊人追捕納西斯、艾基特林，我們遇到你們的時候，並不知道德古拉也逃走了。」

「你們沒有派人追捕德古拉和紀康？」喬亞問。

「有，但他們不是要戰鬥，而是找到他們後立即回來匯報。」信馬說。

喬亞、溫妮雅對望一眼，也同時想起端芮，他只不過是德古拉製造出來的第二代吸血魔，但已經如此難應付，假如他能夠製造一支過百人的第二代，整個王都懂得「法術勢」的居民加上來，可能也未必是對手，而且還有……

「紀康的能力對我們人類有效嗎？」喬亞問。

「我們也不知道。」美依說，「我與他相處多年，也甚少見他運用『活水』。」

如果打個比方，德古拉能力是主攻的劍的話，紀康的「無」就是盾，沒有受到攻擊的話，盾是毫無作用的。

溫妮雅也終於明白他們一直只以「他」稱呼紀康的原因，他們的心底應該頗掙扎，不大相信紀康是叛徒。

「這可能是報應。」族長呼了口氣，轉身離開駕駛艙，信馬和利德連忙追了出去。

「報應。」美依喃喃地說。

「師父。」真雄說。

「我要休息一陣子。」美依按著心坎，蒼白的頭髮顯得她的容顏更見衰老。

真雄連忙陪著美依離開，偌大的駕駛艙就只餘下喬亞、溫妮雅和真魚。

喬亞問：「報應是什麼回事呢？」

真魚聳聳肩，說：「他們定是在想我們的祖先曾經出賣過德古拉他們，到了我們這一代，終於要還了，不但紀康出賣了我們，還要活在德古拉他們的陰影下。」

溫妮雅說：「你不相信嗎？」

真魚說：「我們被遺訓鎖得太緊了，是時候撇掉它繼續活下去。」

溫妮雅想想也是有理。

真魚續說：「不過他們不理會我，甚至姐姐也想把雷克蘭捉回來。如果不是要守護姐姐，我才不想理會雷克蘭。」

「但你的能力很強。」溫妮雅說。

「是嗎？」真魚說。

「但德古拉和紀康的情況，你不得不理會。」喬亞說。

真魚瞪了他一眼，說：「紀康交給你們，德古拉由我負責。」

喬亞說：「你有把握？」

真魚說：「你不要忘記是誰救了你。」

「救我？」喬亞拍了拍腰間的黑龍劍，說，「老朋友，你認同她的話嗎？」

「黑龍才不會回答這麼無聊的問題。」真魚碧眼閃動著光芒。

溫妮雅正覺得被他們的話排擠時，竟然聽到黑龍劍嗡嗡作響，似乎在回答喬亞的話。

她的好奇心也就一下子佔據了全副心思，她真的很想知道黑龍劍內是怎樣的世界，在劍內會見到黑龍嗎？

「第三位陪我們上陸地的人魚，由你負責。」喬亞扶著溫妮雅離開，不忙叮囑真魚說。

囚禁德古拉的地方與他古居住的洞穴剛好位於相反方向，溫妮雅這次沒有坐在魔鬼魚之上，而是跟著喬亞一起游去目的地。

休息了幾天後，她的腳傷已經好了很多。

本來喬亞想一個人前往，但她卻不想留在白船上，硬要跟著去。喬亞沒有反對，但又沒有贊同，跟美依、真雄打過招呼後，就離開白船。

她早習慣與他相處的方式，二話不說就跟了上去。

同「游」者還有三位人魚，除了真魚、真由外，還有一位溫妮雅曾經見過的人魚。

溫妮雅記得他，微微點頭，他也指了指唇邊，作勢要唱歌，沒錯，他就是當日她在海裡遇到那兩位人魚之一，即是後來唱歌「弄昏」她的其中一位。

「他叫義弘，他的能力對我們很有幫助。」真由介紹完，就拉著溫妮雅一起游泳，「謝謝你，交給你果然是正確的選擇。」

「你的傷勢如何？」溫妮雅甦醒後還是首次見到真由。

「差不多痊癒，我的復原能力及不上妹妹，幸好那一劍傷得我不重。」真由說，「如果我跟你一樣，能夠變成水，你說多好呢？」

溫妮雅忽然想起一個問題，說：「如果我變成水的話，你會否把我變成武器呢？」

真由搓搓臉，說：「應該不會吧。我跟妹妹討論過，一直以來無論在水都，還是在海底，我要用水簡直是予取予求，從來沒有考慮過水源問題。妹妹也因為擔心我，才跟我一起去追捕雷克蘭。我們的『活水』相輔相承，威力很大，一直追著雷克蘭打。但一旦落單，威力就弱了很多。」

溫妮雅想起初見她們時的威風，到後來落單時，不是被屍邪鬼所傷，就是被人狼王壓著打。

「妹妹提議我再到岸上，就帶著一袋水，到了最後關頭，就拿來保命。」真由說。

溫妮雅被她弄得啼笑皆非，這麼簡單的事，竟然要經歷過生死才明白。但回心一想，她們出生至今，一直活在海裡，確實不用擔心水源。

他們游了一會兒，在前頭的義弘往下指。

遠離水都後，四周越來越黑暗。

喬亞、溫妮雅帶上手鐲後，基本能力與人魚相似，四周的東西都清楚看到，也爽快地跟著義弘的指頭向下游。

他們越潛越深，突然眼前竟然出現亮光。

光源越來越清晰，他們竟然看見海床滿是發光的砂子，細心一看，不是海床在發光，而是幾條巨大的魚在發光。

牠們深褐色的皮膚凹凸不平，兩眼無神，但最嚇人的是牠們滿口利齒，像怪物多於魚。

「不用怕，牠們很善良。」真由說完，拍了拍其中一條魚的頭顱。牠乖巧地擺擺頭，竟然活脱脱像一隻小馬或小羊。

喬亞看著，舉起黑龍劍，一團黑色的物體從劍身滲出來，慢慢有了魚的形狀。

溫妮雅當然明白他要做什麼，他是想用生命能量製造出眼前會發光的魚。

義弘還是首次看見喬亞的能力，禁不住搓了搓眼。

魚成了形，但喬亞卻搖頭苦笑，右掌打在黑魚的身上。黑煙自魚身冒起，又潛回劍身之內。

溫妮雅看著，暗想喬亞在人魚族面前仍然以劍「召喚」動物，看來他不是百分百信任對方。

「原來你也有辦不到的事。」真由揶揄說。

喬亞看了看右掌，説：「徒具其形，而無其實。」

「到底你可以變出多少種動物呢？」真魚好奇地問。

「我也沒有計算過。」喬亞說，「但我只要看過的動物幾乎都可以變出來，除了眼前這幾條魚。」

溫妮雅說：「你會變出他古嗎？」

喬亞心下冷笑，劍身長出了八條觸鬚，接著連頭部、身子也走了出來。

巨型八爪魚他古是海中霸王，雖然真由、真魚曾經面對過牠，但看見牠突然出現，也吃了一驚，不自覺游了開去。

義弘是首次看見他古，吃驚之餘，右手不自覺一伸，竟然生出一道小旋渦。

「不要攻擊。」幸好真由及時喝止。

義弘吞了口氣，收回右手，旋渦雖然沒有散去，卻在八爪魚身旁擦過，打了個空。

——他的「活水」果然是旋渦。

溫妮雅想。

「牠真像真的。」真由想伸手去摸其中一條觸鬚。

「你不怕牠嗎？」喬亞卻說。

真由氣鼓鼓地說：「人類，別太狂妄，沒有了手鐲，你在水中是活不過來。」

喬亞沒有理會她，跟溫妮雅說：「你為什麼要我變出牠呢？」

溫妮雅指了指那幾條發光的魚，說：「牠們為什麼不害怕他古呢？」

大家同時驚訝地看著溫妮雅，她的話確實有理，無論是什麼生物，看見他古如此龐大的身軀，沒有可能不驚訝。

喬亞舉起黑龍劍，似乎想再製造眼前發光的魚。可是過了一會兒，黑龍劍仍然沒有跑出什麼來。

「怎樣稱呼牠們呢？好像在其他地方沒看過牠們。」溫妮雅問。

「牠們叫光魚，確實在別的地方沒有看見過牠們。」真由答。

「可能是異品，」溫妮雅續說，「所以你才沒法製造牠們。」

「好了，我們不是來看魚吧！」真魚說。

義弘點點頭，往旁游開去。

喬亞他們游了過去，果然看見一個洞口。這山洞後面連著一座小山丘，他們游進洞內，發現小山丘下別有洞天。

小山丘內一片光明，有一個小島。他們離開水面，走到地上。

「水竟然沒有走進來？」溫妮雅訝異地說。

「就像水都一樣。」真由說。

「而且還有光。」喬亞看著半圓形的天空，感到極刺眼。

地上有幾條鐵鏈，還有一副連著頭盔的黑色鐵甲。

喬亞走近去，問：「這鐵甲？」

真由點點頭，說：「據說德古拉一直穿著這鐵甲。」

喬亞不理會真由的話，逕自看著溫妮雅。

溫妮雅先是錯愕，隨即明白喬亞的意思，轉了三圈，記熟四周的環境。

真魚好奇地問：「她要做什麼呢？」

「天曉得。」喬亞聳聳肩，黑龍劍立即走出一頭黑熊。

黑熊拿著鐵甲和鐵鏈，不斷使勁，把鐵甲弄開，把鐵鏈弄斷。

真由、義弘露出奇怪的神情，喬亞說：「我們曾經跟德古拉製造出來的吸血魔對敵，他的力量連黑龍都抵擋不住，這黑熊根本不是對手，但這副鐵甲，加上這幾條鐵鏈真的可以囚禁德古拉嗎？」

真魚說：「那麼你想到什麼呢？」

黑熊潛回黑龍劍內，喬亞拾起頭盔，說：「我們找工匠看看這頭盔的成分，說不定能製造出克制德古拉的武器。」

他們游出小山丘，正要往水都游去。

喬亞、真魚同時感到不妥，大叫：「小心。」

一頭光魚一反溫馴的態度，往喬亞撞過去。

喬亞身形一展，游了開去，卻發現另外幾頭光魚亦往自己身上撞過來。

真由他們從沒有見過光魚有如此反應，竟然不知道怎樣辦才好。

光魚張開巨口，利齒往喬亞的手腳噬過去。

喬亞人在水中，來不及召喚黑龍，或變出其他動物。

眼看要被分屍之際，一道身影擋在他的身前。

（第二集完，請看第三集）

作者／徐焯賢
封面設計／寺健
總編輯／葉海旋
編輯／麥翠珏
助理編輯／葉柔柔
出版／花千樹出版有限公司
地址：九龍深水埗元州街二九〇至二九六號一一〇四室
電郵：info@arcadiapress.com.hk
網址：http://www.arcadiapress.com.hk
印刷／美雅印刷製本有限公司
初版／二〇二〇年六月
ISBN: 978-988-8484-63-8